Vera Hewener

Sodom und Camorra

Kurze Theaterstücke für viele Gelegenheiten

Edition Rampenlicht

Über das Buch

Kurze Theaterstücke für viele Gelegenheiten, die mit wenig Aufwand inszeniert werden können. Viele Stücke wurden bereits erfolgreich aufgeführt und eignen sich auch für Amateurtheater, insbesondere für bunte Nachmittage, Fasching oder Adventsfeiern.

Presseecho

„Vera Hewener versteht es meisterlich, Fiktion und Realität miteinander zu verknüpfen. Im Stück Gans oder gar nicht jongliert sie mit einem einzigen Buchstaben wie einst Loriot und sorgt für herzhafte Komik." DieWoch, 11.10.17

„Offensichtlich steckt auch ein Schalk in Hewener. einer, der mit heiterer Leichtigkeit Reime und Silben sammelt, bündelt und wieder streut, der Pointen nicht scheut und es auch mal schätzt, den direkten Weg in die Herzen schlagen zu können." SZ, 07.12.2017

„Mit Augenzwinkern inszeniert Vera Hewener den Nikolausalarm, die Wiener Oper oder einen Silvestergeburtstag, kurze Bühnenstücke, die für Heiterkeit sorgen, auch bestens geeignet zum Nachspielen." Die Woch 08.12.18

„Dabei blickte die Autorin, die von der Kritik bereits in jungen Jahren mit Tucholsky verglichen wurde, nun Wilhelm Busch sei Dank, sowohl mit satirischem als auch mit humoristischem Blick auf die Szenerie. Besonders die Dialoge der Oberbürgermeisterin mit ihrer Pressesprecherin quellen satirisch über, zeugen von hoher Sachkenntnis und riefen ständiges Gelächter im Publikum hervor." Heusweiler Wochenpost 26.06.19

Vera Hewener, Jahrgang 1955, lebt als freie Schriftstellerin in Püttlingen. Sie erhielt für ihr Werk mehrere internationale Literaturpreise, u.a. Superpremio Cultura Lombarda vom Centro Europeo di Cultura Rom (I) 2001, Grand Prix Européen de Poésie von CEPAL Thionville (F) 2005, Goethe-Preis 2013, zuletzt Wilhelm Busch Preis 2017.

Vera Hewener

Sodom und Camorra

Kurze Theaterstücke für viele Gelegenheiten

Edition Rampenlicht

Die Deutsche Bibliothek verzeichnet diese Publikation in der Deutschen Nationalbibliografie; detaillierte bibliografische Daten sind im Internet unter www.http://dnb.dnb.de abrufbar.

Herstellung und Verlag:
BoD - Books on Demand, Norderstedt

Printed in Germany
1. Ausgabe 2020
ISBN 9783752606386
12,00 EURO

Inhalt

Die Notrufzentrale

Wachtmeister Meyer erhält wegen vieler Hilfeersuchen Anrufe oder er wird deswegen aufgesucht. Er spricht Deutsch mit Schweizer Sprachfärbung.

Skizirkus in Sankt Moritz

Zwei Personen: Wachtmeister Meyer, Anruferin

Geteiltes Bühnenbild

Rechtes Seite: Büro Notrufzentrale, Tisch, 2 Stühle, Telefon, Adventskranz

Linke Seite: Hotelzimmer, Tisch, Stuhl, Telefon

Requisiten: Zeitung, Klingel

Kostüme:

Wachtmeister Meyer: Feuerwehranzug, blinkende Adventsmütze, Schal

Anruferin: Skianzug

Dauer: 6-8 Minuten

In der Notrufzentrale sitzt Wachtmeister Meyer mit Schal und blinkender Mütze vor dem Adventskranz und blättert in einer Zeitung. Es klingelt.

Wachtmeister Meyer:
„Hallo, hier spricht Wachtmeister Meyer. Was kann ich für Sie tun?"

Anruferin aufgeregt:
„Ich möchte einen Unfall melden."

Wachtmeister Meyer:
„Was für einen Unfall?"

Anruferin:
„Mein Mann ist mit dem Schlitten falsch abgebogen und hat sich um einen Tannenbaum gewickelt."

Wachtmeister Meyer:
„Um einen Tannenbaum gewickelt? Wie geht denn so etwas?"

Anruferin:
„Der Schlitten hat ihn abgeworfen, er rutschte den Abhang hinunter und konnte sich mit den Armen gerade noch an einem Tannenbaum festhalten."

Wachtmeister Meyer:
„Ach so, ein Wintersportunfall. Da müssen Sie die Bergwacht rufen. Dafür sind wir nicht zuständig."

Anruferin:
„Wie nicht zuständig? Auf dem Skipass steht aber für den Notfall ihre Nummer drauf."

Wachtmeister Meyer:
„Richtig, im Notfall. Ihr Mann ist aber nicht Ski gefahren, sondern auf einem Schlitten den Berg runtergerutscht. Dafür sind wir nicht zuständig."

Anruferin wird hysterisch:
„Was, nicht zuständig? Mein Mann kann jeden Moment vom Tannenbaum fallen. Er braucht dringend Hilfe."

Wachtmeister Meyer:
„Wenn Sie gegen die Fisregeln verstoßen, ist nicht die Notrufzentrale zuständig, sondern die Bergpolizei."

Anruferin ungläubig:
„Jetzt hören Sie mal, mein Mann schwebt in Lebensgefahr an einem Tannenbaum am Abhang und Sie sagen, ich soll die Bergpolizei rufen. Sind Sie noch zu retten?"

Wachtmeister Meyer:
„Mich braucht man nicht zu retten, weil ich auf einer Skipiste nicht Schlitten fahre."

Anruferin aufbrausend:
„Fisregeln hin, Fisregeln her. Wenn Sie nicht kommen, rufe ich bei der Presse an und erzähle denen, dass Sie sich weigern, einen Touristen zu retten."

Wachtmeister Meyer:
„Und wer rettet uns vor solchen Touristen wie Ihnen. Die Notrufzentrale ist nur für Skifahrer zuständig. Sonst würde es Schlittenpass heißen und nicht Skipass."

Anruferin empört:
„Das ist doch ganz egal wie das heißt. Wenn er Snowboard gefahren wäre, würden Sie dann auch nicht kommen?"

Wachtmeister Meyer:
„Ein Snowboard ist auch ein Brett. Snowboarder sind einbeinige Skifahrer."

Anruferin bestimmend:
„Und Schlittenfahrer sind vierbeinige Skifahrer. Der Schlitten ist schließlich auch aus Holz."

Wachtmeister Meyer:
„Aber die Abfahrtspisten sind für Schlitten nicht geeignet. Das ist verboten. Schauen Sie mal in der Pistenbeschreibung nach, ob da ein Schlitten aufgemalt ist."

Anruferin verzweifelt:
„Wo soll ich denn jetzt eine Pistenbeschreibung herbekommen?"

Wachtmeister Meyer:
„Ich hab doch gesagt, dass Sie die Bergwacht anrufen sollen. Die können Ihnen genau sagen, was auf der Piste erlaubt ist."

Anruferin verärgert:
„Kommen die auch, um zu helfen oder sind die wie Sie dazu da, harmlose Touristen zu erschrecken?"

Wachtmeister Meyer:
„Ich muss doch sehr bitten. Ich kann doch nichts dafür, dass Ihr Mann so unerschrocken ist, mit dem Schlitten eine Abfahrt hinunter zu fahren. Also rufen Sie jetzt die Bergwacht an oder nicht?"

Anruferin flehend:
„Mein Mann hat bald keine Kraft mehr."

Wachtmeister Meyer:
„Jetzt müssen Sie sich aber mal entscheiden. Wollen Sie, dass Ihr
Mann gerettet wird und die Bergwacht anrufen oder mit mir über
die Fisregeln diskutieren?"

Anruferin aufgebracht:
„Sie haben doch mit den Fisregeln angefangen. Wer denkt in so
einer Situation schon an die Fisregeln, wo die doch ohnehin niemand beachtet."

Wachtmeister Meyer:
„Wollen Sie damit sagen, dass Sie sich weigern, die vorgegebenen
Bestimmungen einzuhalten? Im Straßenverkehr können Sie auch
nicht hin und herfahren, wie Sie wollen."

Anruferin:
„Genau, die Regeln sind mir ganz egal. Es geht jetzt nur um die
Rettung meines Mannes."

Wachtmeister Meyer:
„Warum sagen Sie nicht gleich, dass Sie sich wegen Verstoßes gegen die Verhaltensregeln des internationalen Skiverbandes anzeigen möchten. Dann kann ich jetzt die Bergwacht und die Bergpolizei informieren. Die kommen sofort mit einem Hubschrauber.
Also, wo befindet sich denn Ihr Mann?"

Anruferin:
„Auf dem Übungsgelände der Skischule in Sankt Moritz."

Wachtmeister Meyer:
„Übungsgelände? Ich denke, es geht um eine Skipiste?"

Anruferin:
„Geht es auch. Es geht um die Skipiste des Übungsgeländes an der
Via Salastrains."

Wachtmeister Meyer:
„Aber da gibt es gar keine Abhänge."

Anruferin:
„Doch, der Hügel an der Rodelbahn."

Wachtmeister Meyer:
„Aber das ist der Kinderskizirkus!"

Anruferin:
„Genau. Und da ist mein Mann an der Rodelbahn falsch abgebogen und auf die Piste gekommen, wo der Tannenbaum steht."

Wachtmeister Meyer:
„Sagen Sie mal, deshalb soll jetzt die Rettung kommen, um auf einem Übungshügel jemand vom Tannenbaum abzuseilen, wo doch jedes Kind von diesem Tannenbaum herunterspringen kann?"

Anruferin:
„Ja, weil ich mit meinem Mann gewettet habe, dass ich schneller einen Hubschrauber organisieren kann als er vom Tannenbaum herunter klettert."

Wachtmeister Meyer:
„So, so! Und was war der Einsatz?"

Anruferin:
„Eine kostenlose Rundfahrt mit dem Rettungshubschrauber über Sankt Moritz."

Nikolausalarm

Zwei Personen: Wachtmeister Meyer, Anruferin

Geteiltes Bühnenbild

Rechtes Seite: Büro Notrufzentrale, Tisch, 2 Stühle, Telefon, Adventskranz

Linke Seite: Flur, Tisch, Telefon

Requisiten: Zeitung, Klingel

Kostüme:

Wachtmeister Meyer: Feuerwehranzug, blinkende Adventsmütze, Schal

Anruferin: Hauskleidung

Dauer: 5-6 Minuten

In der Notrufzentrale sitzt Wachtmeister Meyer vor dem Telefon und blättert in einer Zeitung. Er hat eine Nikolausmütze mit Blinklicht an. Es klingelt.

Wachtmeister gelangweilt:
„Hallo, hier spricht Wachtmeister Meyer. Was kann ich für Sie tun?"

Anruferin außer Atem:
„Ich möchte einen Einbruch melden?"

Wachtmeister zweifelnd:
„Einen Einbruch, heute?"

Anruferin bestätigt:
„Ja, einen Einbruch."

Wachtmeister verständnislos:
„Wer soll denn an so einem Tag bei Ihnen einbrechen?"

Anruferin empört:
"Das weiß ich doch nicht."

Wachtmeister:
„Und wen wollen Sie dann anzeigen?"

Anruferin aufgeregt:
„Ich will keine Anzeige erstatten, bei mir wird gerade eingebrochen. Hören Sie, Sie müssen ganz schnell kommen!"

Wachtmeister:
„So eingebrochen. Woher wollen Sie das denn wissen? Wir kommen heute nur, wenn auch wirklich ein Einbrecher bei Ihnen ist."

Anruferin aufgeregt:
„Im Wohnzimmer kracht es, jemand hat „Hoho“ gerufen und alles
ist voller Ruß.“

Wachtmeister jetzt interessiert:
„Voller Ruß? Brennt es vielleicht?“

Anruferin:
„Nein, es brennt nicht, jemand poltert und ruft Hoho!“

Wachtmeister:
„Gepoltert hat es, so, so. Haben Sie vielleicht ein Haustier?“

Anruferin:
„Wir haben eine Katze. Was hat denn die Katze mit dem Einbruch
zu tun?“

Wachtmeister:
„Vielleicht ist ihre Katze herumgesprungen, hat geschnauft und es
ist etwas hingefallen.“

Anruferin:
„Das kann nicht sein, es war ein lautes Holterdipolter?“

Wachtmeister:
„Ach, ein Holterdipolter, kein Traritrara, der Winter der ist da?“

Anruferin empört:
„Nein, ein Holterdipolter, Winter haben wir schon.“

Wachtmeister:
„So, so. Was hat denn gepoltert, hat die Katze etwas umgeworfen?“

Anruferin wird immer aufgeregter:
„Aber ich sage doch, dass es ein Einbrecher ist und nicht meine Katze. Die sitzt doch in der Küche.“

Wachtmeister:
„Ja, ja, jetzt regen Sie sich nicht so auf, sonst muss ich noch den Notarzt rufen. Öffnen Sie doch mal die Wohnzimmertür.“

Anruferin voller Angst:
„Was, ich soll die Tür öffnen?“

Wachtmeister:
„Jawohl, die Tür, was denn sonst? Bis wir ankommen, ist der doch schon weg. Oder wollen Sie vielleicht durch das Kamin einsteigen?“

Anruferin ängstlich:
„Aber der Einbrecher ist doch da drin, vielleicht hat er eine Waffe?“

Wachtmeister:
„Woher wollen Sie denn wissen, ob er eine Waffe hat? Hat er schon geschossen?“

Anruferin erleichtert:
„Nein, Gottseidank noch nicht.“

Wachtmeister:
„Ja dann öffnen Sie jetzt ganz vorsichtig die Tür und wenn es knallt, laufen Sie schnell davon.“

Anruferin mutig:
„Gut, auf Ihre Verantwortung. Wenn ich verletzt werde, tragen Sie die Kosten. Inklusive Schmerzensgeld.“

Wachtmeister:
„Und, was sehen Sie?“

Anruferin berichtet:
„Alles voller Ruß und Wind. *Fängt an zu husten.* Ich kann gar nichts sehen."

Wachtmeister:
„Haben Sie vielleicht vergessen, den Adventskranz auszumachen?"

Anruferin:
„Nein, er war doch gar nicht an!"

Wachtmeister:
„Wo kommt dann der Ruß her?"

Anruferin:
„Das weiß ich doch nicht!"

Wachtmeister:
„Ist der Feuermelder angegangen?"

Anruferin wieder empört:
„Nein, er hat nicht gewarnt."

Wachtmeister:
„Na, dann hat es auch nicht gebrannt. Dann machen Sie mal ein Fenster auf."

Anruferin:
„Ein Fenster? Gut, aber nur auf Ihre Verantwortung."

Wachtmeister:
„Und, können Sie jetzt etwas sehen?"

Anruferin beruhigt sich:
„Ja, der Rauch zieht ab."

Wachtmeister:
„Und, was sehen Sie?“

Anruferin:
Hier liegen überall Socken herum?“

Wachtmeister:
„Socken? Haben Sie Besuch gehabt?“

Anrufer:
„Nein, niemand war hier.“

Wachtmeister:
„Dann riechen Sie doch mal daran?“

Anrufer:
„Was, ich soll an fremden Socken riechen?“

Wachtmeister:
„Ja, riechen Sie doch mal an einer Socke.“

Anruferin nimmt eine in die Hand:
„Igitt, die ist ja ganz kalt und feucht. In den anderen stecken lauter
Süßigkeiten.“

Wachtmeister:
„Und Sie sagen, es war kein Besuch im Haus? Haben Sie vielleicht
Halloween gefeiert?“

Anruferin verärgert:
„Aber ich sage ihnen doch, ich hab niemand eingeladen. Außerdem ist Halloween schon lang vorbei.“

Wachtmeister:
„Wenn das so ist, sammeln sie die Socken ein und bringen sie mir die Beweise aufs Revier oder glauben Sie vielleicht noch an den Weihnachtsmann?“

Anruferin irritiert:
„Weihnachtsmann, ich bin doch kein Kind mehr.“

Wachtmeister:
„Eben, bringen Sie alle gefüllten Socken zu mir.“

Anruferin erstaunt:
„Und was ist mit dem Einbruch?“

Wachtmeister:
„Wenn nichts gestohlen wurde, gab es auch keinen Einbruch. Im Gegenteil, Sie haben etwas bekommen, ohne zu wissen von wem. Wollen Sie vielleicht eine Anzeige gegen den Weihnachtsmann aufgeben?“

Anruferin:
„Gegen den Weihnachtsmann? Den gibt es doch gar nicht.“

Wachtmeister:
„Eben. Und weil Sie etwas bekommen haben, das Sie gar nicht bestellt haben, gehört es Ihnen auch nicht und Sie können die Socken deshalb zu mir bringen.“

Anruferin:
„Weshalb soll ich Ihnen denn die Sachen bringen, die mir irgendjemand geschenkt hat? Ist es neuerdings eine Straftat, ein Geschenk zu behalten?“

Wachtmeister:
„Nur, wenn Sie nicht an den Weihnachtsmann glauben.“

Anruferin:
„Aber den Weihnachtsmann gibt es ja auch nicht.“

Wachtmeister:
„Dann bringen Sie die Sachen ganz schnell zu mir, noch vor heute Abend.“

Anruferin:
„Wie, ganz schnell?“

Wachtmeister:
„Sehen Sie mal auf den Kalender? Und?“

Anruferin:
„Es ist der 5. Dezember.“

Wachtmeister:
„Eben. Es ist Sankt Nikolaus und ich bin heut Abend der Weihnachtsmann.“

Das Krippeli

Zwei Personen: Wachtmeister Meyer, Anruferin

Bühnenbild:
1 Tisch, 2 Stühle, Telefon. Auf dem Tisch steht eine Krippe.

Requisiten: Zeitung, Krippe, Karton

Kostüme:

Wachtmeister Meyer: Feuerwehranzug, blinkende Adventsmütze, Schal

Anruferin: Winterkleidung

Dauer: 5-7 Minuten

Musik im Hintergrund: ihr Kinderlein kommet

In der Notrufzentrale sitzt Wachtmeister Meyer mit Schal und blinkender Mütze vor dem Adventskranz und blättert in einer Zeitung. Im Hintergrund läuft das Lied „Ihr Kinderlein kommet."

Eine Frau in Winterkleidung kommt mit einem Karton herein. Die Musik wird ausgeblendet.

Touristin:
„Grüezi, so sagt man doch in der Schweiz?"

Wachtmeister Meyer:
„So sagt man hier. Von wo kommen Sie denn?"

Touristin:
„Aus Berlin."

Wachtmeister Meyer:
„Ach, eine Preußin. Nehmen Sie doch Platz." *Frau setzt sich hin* „Was wollen Sie denn von mir?"

Touristin:
„Also, ik bin auf der Suche nach eenem Haus."

Wachtmeister Meyer:
„Dafür sind wir nicht zuständig. Sie müssen zum Fremdenverkehrsamt gehen. Ich bin die Notrufzentrale."

Touristin:
„Dat is ja een Notfall."

Wachtmeister Meyer:
„So, so. Dann sagen Sie mal, um was es sich handelt."

Touristin:
„Mein Freund braucht ein eijenes Haus im Haus. Sonst wird dat zu unjemütlich.“

Wachtmeister Meyer:
„Ungemütlich? Ist ihr Freund ein Schläger? Hat er Sie verprügelt und kommen deshalb zur Notrufzentrale oder?“

Touristin:
„Er kann janz schön picken, wa. Da muss ick uffpassen und Vorsorge treffen.“

Wachtmeister Meyer:
„Vorsorge, vor einem Freund?“

Touristin:
„Wat sich lieb hat, dat neckt sich halt.“

Wachtmeister Meyer:
„Was sich liebt, das schlägt sich bei Ihnen? Vorsorge, so nennt man das jetzt wieder in Berlin. Wir sorgen hier nur gegen Corona vor.“

Touristin:
„Ick bin negativ jetestet, da brauchen Sie keene Bedenken zu haben. Also haben Sie een Haus im Haus?“

Wachtmeister Meyer:
„Es ist Weihnachtssaison. Bei uns ist alles wieder ausgebucht.“

Touristin:
„Es muss ja nicht jroß sein. Etwa so jroß wie dieser Karton.“ *Stellt ihn auf den Tisch.* „Kieken Sie mal.“

Wachtmeister Meyer:
„So ein kleines Krippeli wollen Sie haben? Wie Maria und Josef?“

Touristin:
„Janz recht, so jroß wie eene Krippe.“

Wachtmeister Meyer:
„Da passt aber nur ein Kind hinein. Ist ihr Freund kleinwüchsig?“

Touristin:
„Für seine Art ist er janz normal groß, wa.“

Wachtmeister Meyer:
„Wie sieht denn diese Art aus?“

Touristin:
„Die sind alle janz jelb.“

Wachtmeister Meyer:
„Ach gelb? Chinesen dürfen seit der Coronapandemie nicht mehr in die Schweiz einreisen, da kann der Freund noch so klein sein.“

Touristin:
„Aber er ist janz lieb. Nur manchmal, da piept er halt ein wenig.“

Wachtmeister Meyer:
„Bei ihnen piept es wohl auch. Ist das etwa wieder so eine feindliche Übernahme? Hat die Pandemie nicht ausgereicht? Wollen Sie der Schweiz jetzt den Krieg erklären?“

Touristin:
„Wat, wat reden sie denn da. Feindliche Übernahme, Krieg? Un dat an Weihnachten?“

Wachtmeister Meyer:
„Das hat es schon einmal gegeben. Damals in Bethlehem. Da hat man die Kinder auch alle umgebracht.“

Touristin:
„Mein kleener Freund bringt niemand um, der bringt den Kleenen
nur Freude.“

Wachtmeister Meyer:
„Aha, das ist ja eine saubere Verschleierungsmethode. Aus Gewalt
soll Freude werden. Zuerst picken und dann piepen sie.“

Touristin:
„Aber Herr Wachtmeister, er tut keener Flieje wat zu leide, meis-
tens jedenfalls nicht.“

Wachtmeister Meyer:
„Es tut mir leid, sie lösen mit ihrem Freund eine internationale
Verwicklung aus. Ich muss die Kantonspolizei rufen.“

Es fängt an zu piepen.
Wachtmeister Meyer erschrocken:
„Ha, was ist denn das, haben sie das gehört. Das Piepen im Karton,
das tickt ja wie eine Bombe! Machen Sie sofort das Paket auf und
stellen diesen piependen Zünder ab, sonst muss ich da Bomben-
räumkommando rufen.“

Touristin:
„Det is ja nicht zu glauben! Gut, wenn Sie wünschen, mach ick dat Pa-
pier ab. Aber ick kann nicht garantieren, dass dat Piepen uffhört. Er
war die janze Zeit im Dunkeln. Uff ihre Verantwortung.“

*Wachtmeister Meyer duckt sich unter den Tisch, sie reißt das Packpapier ab
und stellt einen Käfig mit einem Kanarienvogel auf den Tisch.*
Wachtmeister Meyer schaut vorsichtig wieder auf:
„Haben Sie die Bombe abgestellt? Was, was, was ist das denn? Sie
haben ja vielleicht einen Vogel!“

Touristin:
„Sag ick doch, een kleena jelber Freund. Haben Sie jetzt vielleicht
ein Haus für mich?"

Der Rohrbruch

Zwei Personen: Wachtmeister Meyer, Anrufer

Geteiltes Bühnenbild

Rechtes Seite: Büro Notrufzentrale, Tisch, 2 Stühle, Telefon

Linke Seite: Tisch, Stuhl, Telefon

Requisiten: Reiseprospekt, Blumengirlande, Klingel

Kostüme:

Wachtmeister Meyer: Hawaihemd, Jeans

Anrufer: Sommerkleidung

Dauer: 5-6 Minuten

Wachtmeister Meyer sitzt mit einem Hawaihemd und Blumengirlande in der Notrufzentrale und blättert in einem Reiseprospekt. Es klingelt.

Wachtmeister:
„Hallo, hier spricht Wachtmeister Meyer. Was kann ich für Sie tun?

Anrufer:
„Ich möchte einen Rohrbruch melden!"

Wachtmeister:
„Einen Rohrbruch? Wo soll der denn sein?"

Anrufer:
„Das weiß ich nicht."

Wachtmeister:
„Ja wenn Sie das nicht wissen, können wir auch nicht kommen."

Anrufer:
„Aber es tropft doch schon durch die Decke!"

Wachtmeister:
„Durch welche Decke? Liegen Sie etwa auf dem Sofa und haben zu viel getrunken?"

Anrufer:
„Nein, ich stehe im Bad und versuche, das Wasser aufzufangen."

Wachtmeister:
„Ja was sagt Ihre Frau denn dazu? Wenn Sie müssen, müssen Sie gut zielen oder Sie müssen sich hinsetzen, dann tröpfelt es auch nicht."

Anrufer:
„Aber es ist doch nicht mein Wasser, ich muss doch gar nicht. Das Wasser kommt von oben, wissen Sie, von oben!“

Wachtmeister:
„Von oben, aber es regnet doch gar nicht. Wir haben Sommer oder ist etwa die Sprinkleranlage angegangen, weil Sie geraucht haben?“

Anrufer:
„Sie sind wohl nicht ganz bei Sinnen. Haben Sie zu viel gelöscht?“

Wachtmeister:
„Ich muss doch sehr bitten. Wir löschen nur, wenn wir einen Brand haben, weil es so heiß wie heute ist.

Anrufer:
„Ist ja auch egal, ob Sie meinen oder Ihren Brand löschen. Sie müssen jedenfalls herkommen und den Rohrbruch zu stoppen, sonst steht hier bald alles unter Wasser.“

Wachtmeister:
„Können Sie schwimmen?“

Anrufer:
„Warum fragen Sie mich, ob ich schwimmen kann?“

Wachtmeister:
„Ja weil bei Ihnen bald alles unter Wasser steht.“

Anrufer:
„Ich kann schwimmen, aber darum geht es doch gar nicht. Sie sollen den Rohrbruch stoppen.“

Wachtmeister:
„Für den Rohrbruch sind wir nicht zuständig. Da müssen Sie einen Installateur suchen. Wir sind die Feuerwehr, wir kommen erst, wenn alles unter Wasser steht.“

Anrufer:
„Was, was? Das ist doch die Notrufzentrale oder nicht. Und das ist ein Notfall. Also kommen Sie jetzt oder nicht?“

Wachtmeister:
„Haben Sie nicht zugehört oder sind Sie schon untergegangen. Wir kommen nicht bei Rohrbrüchen. Dann wären wir ja ständig unterwegs bei dem Zustand unserer Leitungen. Wenn wir kommen sollen, drehen Sie den Wasserhahn ganz auf, damit es schneller vollläuft. Dann können wir abpumpen kommen.“

Anrufer:
„Das ist doch nicht ihr Ernst? Ich werde mich bei Ihrem Vorgesetzten beschweren und Ihnen die Rechnung für den Installateur schicken und das ganze Malheur, das Sie verursachen, weil Sie nicht kommen wollen.“

Wachtmeister:
„Erstens ist das nicht der Ernst, sondern Hauptwachtmeister August. Und der ist in Urlaub gefahren nach Hawai. Der macht dort gerade einen Tauchlehrgang, um untergegangene Leute wie Sie zu retten.“

Anrufer:
„Aber ich bin doch gar nicht untergegangen. Das ist doch nicht zu fassen. Das ist unterlassene Hilfeleistung.“

Wachtmeister:
„Wenn Sie schwimmen können, können Sie sich selbst retten, also ist das auch keine unterlassene Hilfeleistung.“

Anrufer:
„Das Wasser steht mir gleich bis zum Hals, Herrgott noch einmal. Gleich platzt mir der Kragen.“

Wachtmeister:
„Wenn Sie noch länger warten, kann der Installateur auch nicht mehr helfen. Oder hat der auch einen Tauchlehrgang gemacht wie mein Vorgesetzter Hauptwachtmeister August, vielleicht um Rohre im Tauchgang reparieren zu können?“

Anrufer:
„Wie kommen Sie denn jetzt darauf. Wir sind doch nicht in Venedig.“

Wachtmeister:
„Sie haben doch mit dem Tauchen angefangen. Also sind Sie jetzt voll oder nicht?“

Anrufer:
„Nicht ich bin voll, sondern der Eimer! Es regnet immer noch aus der Decke.“

Wachtmeister:
„Jetzt müssen Sie sich aber mal entscheiden, was Sie wollen. Sie blockieren sonst die Notrufzentrale.“

Anrufer:
„Ich habe bald keine Eimer mehr!“

Wachtmeister:
„Hören Sie mal, zuerst lassen Sie ihr Wasser im Stehen in die Kloschüssel ab und zielen daneben, dann spritzt der Deckensprinkler von oben, dann wollen Sie tauchen und jetzt gehen Ihnen die Eimer aus. Sagen Sie mal, ist Ihnen beim Tauchen der Sauerstoff ausgegangen?“

Anrufer:

„Wenn Sie kommen würden, bräuchte ich ja keine Eimer mehr."

Wachtmeister:

„Wenn wir kommen würden, wären die Eimer überflüssig, weil Sie im Bad schwimmen würden."

Anrufer:

„Wenn ich im Bad schwimmen würde, bräuchte ich keine Feuerwehr mehr, sondern das technische Hilfswerk, um die Schäden der Überschwemmung zu entsorgen."

Wachtmeister:

„Na, da bin ich aber beruhigt. Endlich haben Sie verstanden, dass Sie falsch verbunden sind. Jetzt legen Sie schon auf. Auf mich wartet nämlich ebenfalls ein Eimer."

Anrufer:

„Was denn für Eimer? Löschen Sie vielleicht noch wie im Mittelalter mit Eimern anstatt mit Schläuchen?"

Wachtmeister:

„Ja genau, unseren Brand löschen wir aus Eimern."

Anrufer:

„Welchen Brand um Himmelswillen löscht denn die Feuerwehr heutzutage noch mit Eimern?"

Wachtmeister:

„Na Sie sind vielleicht gut. Schauen Sie mal aus dem Fenster?"

Anrufer:

„Ja und? Ich sehe nichts!"

Wachtmeister:
„Aber fühlen tun Sie die Hitze schon, die da draußen herrscht.“

Anrufer:
„Ja mein Gott, im Sommer ist es halt heiß.“

Wachtmeister:
„Eben. Und weil es so heiß ist, haben wir einen gehörigen Brand.“

Anrufer:
„Und was hat der Brand mit den Eimern zu tun?“

Wachtmeister:
„Menschenskind, Sie sind aber schwer von Begriff! Die Biergläser sind doch viel zu klein für unseren Durst! “

Kundengespräche

Gans oder gar nicht

Zwei Personen: Kunde, Verkäuferin

Bühnenbild:
Theke eine Metzgerei, kann auch ein Tisch sein

Requisiten: Kartons für Thekenaufbau, Angebotszettel, weihnachtliche Dekoration

Kostüme:

Kunde: Alltagskleidung

Verkäuferin: weiße Schürze, evtl. Häubchen, darunter Jeans, T-Shirt

Dauer: 5-6 Minuten

Ein Kunde betritt eine Metzgerei.

Kunde:
„Guten Tag. *Räuspert sich.* Ich hätte gerne Gans zu Weihnachten.“

Verkäuferin:
„Guten Tag. Ja, bitte, was möchten Sie?“

Kunde:
„Ich hätte gerne Gans zu Weihnachten.“

Verkäuferin:
„Sie hätten gerne die Ware ganz, nicht in Stückchen?“

Kunde:
„Nein. Das Ganze natürlich.“

Verkäuferin:
„Aha, etwas Ganzes?“

Kunde:
„Ja selbstverständlich, das Ganze ganz, was denn sonst!“

Verkäuferin:
„Es könnte ja auch sein, dass sie ein halbes Ganzes möchten.“

Kunde:
„Aber ich habe doch gesagt, dass ich das Ganze ganz möchte.“

Verkäuferin:
„Ah ja. Also ganz ganz und nicht halb ganz? Von was hätten Sie
denn gerne ein Ganzes?“

Kunde:

„Das sagte ich doch bereits, Gans zu Weihnachten.“

Verkäuferin:

„Bitte, ich verstehe nicht, was Sie meinen. Was ist denn ein ganzes Ganz?“

Kunde:

„Was ist denn daran nicht zu verstehen, spreche ich chinesisch?“

Verkäuferin:

„Nein, sie sprechen deutsch, aber etwas unverständlich möchte ich sagen. Wie sieht das ganze Ganz denn aus, können Sie es wenigstens beschreiben?“

Kunde:

„Na, es hat zwei Flügel und wenn es taucht, streckt es das Schwänzchen in die Höh?“

Verkäuferin:

„Aha, sie möchten also alles davon, die Flügel mit dem Schwänzchen?“

Kunde:

„Wollen Sie mich auf den Arm nehmen?“

Verkäuferin:

„Also bitte, Sie sind mir ganz zu schwer.“

Kunde:

„Was, das Ganze ist zu schwer?“

Verkäuferin:

„Nein, Sie sind mir als Ganzes zu schwer.“

Kunde:

„So so. Aber das ist ihr Problem. Ich kann nichts dafür, wenn Sie so schwach auf den Rippen sind. Also bitte, ich möchte alles ganz haben.“

Verkäuferin:

„Also die Flügel und ein Schwänzchen. Von welchem Ganzen stammen die Teile denn ab?“

Kunde:

„Sie reden ja so, als ob ich eine Maschine wollte. Flügel und Schwänzchen gehören organisch zu einem Ganzen. Wenn man es richtig zubereitet, könnte man glatt mit ihr davon fliegen.“

Verkäuferin:

„Sie möchten also eine organische Flugmaschine?“

Kunde:

„Na hören Sie mal, wer brät sich schon zu Weihnachten eine Flugmaschine.“

Verkäuferin:

„Ich weiß es nicht, ich möchte ja keine. Vielleicht kann es ja auch ein Rentier sein, ein fliegendes vielleicht? Allerdings ohne Flügel. Mit dem Schwänzchen müsste ich vorher allerdings den Nikolaus fragen.“

Kunde:

„Rentiere fliegen nicht, um Himmels willen. Sie dumme Gans.“

Verkäuferin:

„Also bitte, ich muss mich nicht von Ihnen beleidigen lassen. Nur, weil Sie nicht wissen, was sie wollen.“

Kunde:

„Aber ich habe doch gesagt, dass ich Gans möchte.“

Verkäuferin:
„Aha, da ist es wieder, ganz und gar nicht. Beschimpfen Sie mich
bloß nicht wieder als dumme Gans, Sie ausgewachsener Flegel,
Sie!"

Kunde:
„Ja soll ich etwa noch schöner weißer Vogel sagen, Sie Nebel-
krähe!"

Verkäuferin:
„Nun ist es aber genug, Sie durchgefallener Flugschüler."

Kunde:
„Sie können gleich sonst wohin fliegen, Sie dumme Pute."

Verkäuferin:
„Was, dumme Pute? Das geht entschieden zu weit, das muss ich
mir von Ihnen nicht sagen lassen, Sie flügelgestutztes Rentier, Sie
Hornochse, Sie. Jetzt habe ich genug von Leuten, die wie die Aas-
geier vor meiner Theke kreisen. Fliegen Sie doch davon!"

Kunde:
„Und ich habe genug von Ihrem Schwanengesang, Sie ungezoge-
ner schwarzer Vogel, Sie Nachteule, Sie. Hören Sie mal, wenn Sie
sich weiter so dumm anstellen, möchte ich den Inhaber sprechen!"

Verkäuferin:
„Als Ganzes oder als Halbes?"

Dresdner Stollen

Zwei Personen: Kunde, Verkäuferin

Bühnenbild:
Theke eine Bäckerei, kann auch ein Tisch sein

Requisiten: Kartons für Thekenaufbau, Angebotszettel, Christstollen, weihnachtliche Dekoration

Kostüme:

Kunde: Alltagskleidung

Verkäuferin: weiße Schürze, evtl. Häubchen, darunter Jeans, T-Shirt

Dauer: 5-6 Minuten

Ein Kunde kommt in die Bäckerei.

Verkäuferin:
„Guten Tag. Was hätten Sie denn gerne?"

Kunde:
„Guten Tag. Ich hätte gerne ein paar Stollen."

Verkäuferin:
„Wie Stollen? Fußballschuhe führen wir nicht."

Kunde:
„Was denn für Fußballschuhe?"

Verkäuferin:
„Das weiß ich doch nicht. Sie wollten doch ein paar Stollen."

Kunde:
„Ja genau, Stollen aus Dresden."

Verkäuferin:
„Seit wann hat denn Dresden eigene Stollen? Die hat nicht einmal die alte Hertha."

Kunde:
„Ob Ihre alte Dame die hat oder nicht, ich möchte gerne Stollen aus Dresden."

Verkäuferin:
"Wenn die erste Liga keine eigenen hat, gibt es für die dritte erst recht keine."

Kunde:
„Aber Stollen aus Dresden sind weltberühmt."

Verkäuferin:
„Solange Dresden den Aufstieg nicht schafft, gibt es auch keine Stollen für Dresden."

Kunde:
„Jetzt hören Sie mal, befinden wir uns hier in einer Bäckerei oder in einem Fußballladen?"

Verkäuferin:
„Sie befinden sich sogar in einer königlichen Hofbäckerei. Wir haben bereits für Kaiser Wilhelm gebacken."

Kunde:
„Dann werden Sie ja wohl auch Stollen aus Dresden haben."

Verkäuferin:
„Aber ich sage Ihnen doch, dass Dresden keine eigenen Stollen hat. Das wüsste ich. Schließlich bin ich seit Jahrzehnten bei der Hertha."

Kunde:
„Ja wie alt ist denn die alte Hertha?"

Verkäuferin:
„Die alte Dame gibt es schon seit 1892."

Kunde:
„Wie, die ist erst 128 Jahre alt? Stollen aus Dresden gibt es aber schon seit dem 15. Jahrhundert. Selbst August der Starke, der Kurfürst von Sachsen und König von Polen, hat ihn geliebt."

Verkäuferin:
„Ich wusste gar nicht, dass es damals schon eine erste Liga gab."

Kunde:
„Stollen aus Dresden sind seit 1560 erste Liga."

Verkäuferin:
„Aber heute nicht mehr."

Kunde:
„Sie sind wohl nicht auf der Höhe der Zeit. Jedes Jahr wird in Dresden am zweiten Advent sogar ein eigenes Stollenfest gefeiert."

Verkäuferin:
„Dann fahren Sie doch zum Stollenfest nach Dresden. Hier jedenfalls gibt es sie nicht."

Kunde:
„Ich fahre doch nicht wegen ein paar Stollen bis nach Dresden! Schon gar nicht im Schnee. Dann hätte ich halt gerne einen Herthastollen."

Verkäuferin:
„Wir sind doch kein Fußballladen. Wir sind eine Bäckerei. Außerdem gibt es weder für die erste Liga noch für die zweite Liga eigene Stollen."

Kunde:
„Ja, aber da liegen doch Stollen in der Auslage."

Verkäuferin:
„Das sind Marzipanstollen. Den Kuchen können Sie kaufen."

Kunde:
„In Gottes Namen nehme ich eben einen Marzipan-stollen, wenn Sie keinen Dresdner Christstollen haben?"

Verkäuferin:
„Selbstverständlich haben wir auch Dresdner Christstollen. Wenn Sie einen Christstollen möchten, dann sagen Sie das doch."
Kunde:

„Ja, Sie haben doch mit dem Fußball angefangen. Kein Wunder, dass ihr Fußballclub sich die Stollen noch nicht verdient hat."

Verkäuferin:
„Wie bitte?"

Kunde:
„Den möchte ich sehen, der mit Christstollen unter den Sohlen Deutscher Meister wird."

Das Osterlamm

Zwei Personen: Kunde, Verkäuferin

Bühnenbild:
Theke einer Metzgerei, kann auch ein Tisch sein

Requisiten: Kartons für Thekenaufbau, Angebotszettel, österliche Dekoration

Kostüme:

Kunde: Alltagskleidung

Verkäuferin: weiße Schürze, evtl. Häubchen, darunter Jeans, T-Shirt

Dauer: 5-6 Minuten

Ein Kunde betritt eine Metzgerei.

Kunde:
„Guten Tag. Ich hätte gerne ein Osterlamm.“

Verkäuferin:
„Guten Tag. Ein Osterlamm, Sie hätten gerne ein Osterlamm?“

Kunde:
„Ja, ein Osterlamm bitte.“

Verkäuferin:
„Was hätten Sie denn gerne davon?“

Kunde:
„Wie, was ich gerne von dem Osterlamm hätte? Zu Ostern gibt es ein komplettes Osterlamm.“

Verkäuferin:
„Ein komplettes Osterlamm?“

Kunde:
„Ja, was ist daran so ungewöhnlich?“

Verkäuferin:
„Nun, ein ganzes Lamm haben wir nicht vorrätig. Das hätten Sie vorbestellen müssen.“

Kunde:
„Vorbestellen? Aber es ist doch Gründonnerstag.“

Verkäuferin:
„Eben! Deshalb kann ich Ihnen auch kein ganzes Osterlamm anbieten, nur bestimmte Teile wie hier zum Beispiel das Lammfilet, Lammrücken oder Lammkotelett.“

Kunde:
„Wenn ich es heute bestelle, könnte ich es am Samstag abholen kommen?"

Verkäuferin:
„Das ist viel zu kurz."

Kunde:
„Was ist zu kurz?"

Verkäuferin:
„Na, die Zeit bis Samstag. Karfreitag wird nicht gearbeitet!"

Kunde:
„Können Sie es denn nicht heute schlachten?"

Verkäuferin:
„Wie stellen Sie sich das bitte vor? Wir schlachten doch nicht selbst. Wir beziehen unser Fleisch von einem renommierten biologischen Bauernhof."

Kunde:
„Ach so, Sie verkaufen nur. Weshalb steht dann da draußen Metzgerei auf dem Schild?"

Verkäuferin:
„Wir verkaufen ja nicht nur. Wir verarbeiten das Fleisch auch zu anderen Produkten."

Kunde:
„Welche Produkte? Ich sehe hier nur Wurst."

Verkäuferin:
„Genau, die machen wir selbst, das heißt unser Metzger."

Kunde:
„Wofür braucht man dazu einen Metzger? Fleischbrei kann doch auch jemand anderes zubereiten."

Verkäuferin:
„Unser Metzger beint das Fleisch noch selbst aus und hat für unsere Produkte eigene Rezepturen. Wir produzieren nach Hausmacher Art."

Kunde:
„Sie meinen, wer ein Haus macht, kann auch Wurst fabrizieren?"

Verkäuferin: Wie bitte? Was hat denn der Hausbau mit unseren Hausmacherspezialitäten zu tun?

Kunde:
„Das Wort, Hausmacher."

Verkäuferin:
„Hausmacher bedeutet in diesem Zusammenhang doch nicht, ein Haus zu bauen. Damit hat das nichts zu tun. Hausmacher ist die Art, wie jemand zu Hause seine Wurst macht."

Kunde:
„Ja, wenn jeder zu Hause seine Wurst selbst machen kann, wozu braucht man denn dazu noch eine Metzgerei? Ist die Wurst deshalb so teuer?"

Verkäuferin:
„Die Wurst ist deshalb so teuer, weil wir nur gutes Fleisch verwenden, wie ich schon erwähnt habe, aus biologischer Aufzucht bei einem hiesigen Bauernhof.

Kunde:
„Sie meinen, wenn Sie das Fleisch dort kaufen, ist es teurer, als wenn ich es dort einkaufe?"

Verkäuferin:
„So kann man das nicht sagen."

Kunde:
„Wie denn dann?"

Verkäuferin:
„Wir haben auch andere Kosten, wenn wir Fleisch dort kaufen."

Kunde: W
„Wenn ich bei Ihnen einkaufe, entstehen mir auch Kosten."

Verkäuferin:
„Wenn wir auf dem Bauernhof Fleischgesund in Überherrn ein-
kaufen, entstehen Transport- und Personalkosten, ebenso für die
Rezepturen, die Zubereitung und den Verkauf."

Kunde:
„Ich habe ebenfalls Transportkosten, wenn ich zu Ihnen komme."

Verkäuferin:
„Sie müssen aber nicht so weit fahren wie wir."

Kunde:
„So, wo befindet sich denn dieser Bauernhof „Fleischgesund" in
Überherrn?"

Verkäuferin:
„Na, wenn Sie von der Hauptstraße in Überherrn kommen, biegen
Sie am Bahnübergang in Richtung Wadgassen ein. Dann fahren Sie
dort etwa einen Kilometer weiter geradeaus. Nach drei Feldwegen
biegen Sie auf den asphaltierten Feldweg rechts ein und dann etwa
dreihundert Meter weiter. Dann stehen Sie direkt davor."

Kunde:
„Aha, dann will ich Ihre Transport-, Personal- und andere Kosten nicht weiter in die Höhe treiben. Vielen Dank für die Wegbeschreibung. Jetzt weiß ich doch wenigstens, wo ich mich verfahren hatte. Wissen Sie, der Bauernhof war auf der Landkarte einfach nicht zu finden.“

Die Fledermaus

Zwei Personen: Besucherin, Dame an der Theaterkasse

Bühnenbild:
Theaterkasse, Tisch mit Aufbau

Requisiten: Theaterprogramme, Flyer

Kostüme:

Besucherin: Alltagskleidung

Dame an der Theaterkasse: weiße Bluse, schwarzer Rock

Dauer: 6-8 Minuten

Eine Besucherin geht an die Theaterkasse.

Besucherin:
„Ich hätte gerne zwei Karten?“

Dame an der Theaterkasse:
„Was hätten Sie denn gerne für Karten?“

Besucherin:
„Na zwei, hab ich doch gesagt.“

Dame an der Theaterkasse:
„Ja, haben Sie. Aber welche Karten möchten Sie denn?“

Besucherin:
„Kann man sich die aussuchen? Dann hätte ich gerne die gelben.“

Dame an der Theaterkasse:
„Wie, die gelben?“

Besucherin:
„Na, die da auf dem Stapel liegen. Die sind doch alle gelb.“

Dame an der Theaterkasse:
„Das sind doch keine Karten, das sind Ausweise für Behindertenparkplätze.“

Besucherin:
„Wie, bekommt man jetzt im Theater die Behindertenausweise?
Sind das die neuen Sparmaßnahmen der Landesregierung? Wurde
das Theater jetzt mit dem Landesamt für Soziales zusammenge-
legt?“

Dame an der Theaterkasse:
„Wir haben auf unseren Parkplätzen eine Zone für Personen, die gehbehindert sind, aber trotzdem keinen amtlichen Ausweis bekommen. Die bekommen so eine gelbe Berechtigungskarte."

Besucherin:
„Ach so, sie machen eigene Behindertenausweise. Kann man damit auch in der Stadt auf Behindertenparklätzen parken?"

Dame an der Theaterkasse:
„Natürlich nicht. Die gelten nur auf unserem Parkplatz. Inklusion, verstehen Sie? Wo möchten Sie denn nun hingehen, zur Fledermaus vielleicht?"

Besucherin:
„Fledermaus, gibt es hier vielleicht auch noch eigene Stollen für nachtaktive Tiere? Gehört das auch zur Inklusion oder hat der Naturschutzbund hier eine Nebenstelle aufgemacht?"

Dame an der Theaterkasse:
„Ich bitte Sie, ich meine die Operette „Die Fledermaus" von Johann Strauss."

Besucherin:
„Ach, das ist eine Operette, kein Tierfilm?"

Dame an der Theaterkasse:
„Kennen Sie denn den Walzerkönig Johann Strauß nicht?"

Besucherin:
„Woher soll ich ihn denn kennen. Beim Seniorentanzen war er jedenfalls nicht."

Dame an der Theaterkasse:
„Aber der lebt doch nicht mehr."

Besucherin:
„Ja wenn er tot ist, kann er auch keinen Tierfilm mehr drehen. Haben Sie deshalb die Inklusion mit eigenen Behindertenparkplätzen verstärkt?“

Dame an der Theaterkasse:
„Wie bitte? Was hat denn der Walzerkönig mit der Inklusion zu tun?“

Besucherin:
„Na, der Drehschwindel, den bekommt man doch vom vielen Walzertanzen.“

Dame an der Theaterkasse:
„Jetzt hören Sie aber auf. Johann Strauß ist einer der bedeutendsten Komponisten des goldenen Zeitalters der Wiener Operette.“

Besucherin:
„Was hat er denn komponiert?“

Dame an der Theaterkasse:
„Na, Rosen aus dem Süden oder den Zigeunerbaron, zum Beispiel.“

Besucherin:
„Das ist ja eine Diskriminierung. Zigeuner darf man doch heute gar nicht mehr sagen, das heißt heute der Romabaron. Kein Wunder, dass Sie Inklusion nötig haben und eigene Stollen bauen, um sie zu verstecken.“

Dame an der Theaterkasse:
„Wie verstecken?“

Besucherin:
„Ja, wenn das fahrende Volk mit den ganzen Wohnwägen hier aufkreuzt, reichen die paar Behindertenparkplätze in der Stadt sicher nicht mehr aus."

Dame an der Theaterkasse:
„Also, das ist ja nicht zu glauben. Kennen Sie denn das Lied *Ja das Schreiben und das Lesen ist nie mein Fall gewesen* nicht?"

Besucherin:
„Ach, schreiben und lesen können die auch nicht? Sind die Karten deshalb gelb?"

Dame an der Theaterkasse:
„Nein, die Karten sind nur gelb, damit sie nicht mit den Theaterkarten verwechselt werden!"

Besucherin:
„Jetzt regen Sie sich mal wieder ab. Ich will ja keine gelben Karten, wir wollen doch nur ins Theater gehen. Einen Parkplatz haben wir schon. Haben Sie denn außer Tierfilmen und Analphabeten nichts zu bieten?"

Dame an der Theaterkasse:
„Sie könnten auch in ein Konzert gehen."

Besucherin:
„Spielt denn der André Rieu vielleicht?"

Dame an der Theaterkasse:
„Der spielt doch nicht hier. Ich bitte Sie, der geht mit seinem Johann Strauss Orchester auf eigene Tourneen."

Besucherin:
„Wie, ich denke, der lebt nicht mehr."

Dame an der Theaterkasse:
„Tut er auch nicht. Das Orchester heißt nur so. Also, in welche Aufführung möchten Sie nun gehen?"

Besucherin:
„Haben Sie denn noch etwas anderes im Programm als Tierfilme von toten Komponisten? Vielleicht eine Komödie von Willy Millowitsch? Die Pension Schöller fänd ich lustig."

Dame an der Theaterkasse:
„Erstens hat Willy Millowitsch in dem Stück Pension Schöller nur mitgespielt. Er hat es nicht selbst geschrieben und außerdem sind wir ein ernsthaftes Theater und keine Boulevardkomödie. Wenn Sie lieber Lieder von Millowitsch hören wollen, gehen Sie doch in ein Dorfkonzert des Musikvereins oder zum Karneval. Hier wird jedenfalls so etwas nicht aufgeführt."

Besucherin:
„Jetzt werden Sie nicht beleidigend. Kein ernst zu nehmendes Theater, Willy Millowitsch, ha, da kann ich doch nur lachen! Der hat sogar ein eigenes Denkmal in Köln. So wie Sie sich hier aufführen, kann man nur sagen, Humor ist, wenn man trotzdem lacht!"

Dame an der Theaterkasse:
„Ja, in Köln ist das vielleicht so, da ist ja immer Karneval. Dort können Sie „Schnaps, das war sein letztes Wort" das ganze Jahr über singen. Aber nicht in hier Saarbrücken."

Besucherin:
„Sie Kulturbanause. Sie würden wohl besser singen „Wir sind alle kleine Sünderlein" nach dem Skandal des Saarländischen Sportverbandes. Ich hab jetzt genug von diesem hehren Kulturangebot."

Dame an der Theaterkasse:
„Wie bitte, Sünderlein, Sportverband? Was hat das denn mit uns zu tun? Sie sind ja eine Ignorantin der hohen Kunst. Gehen Sie doch zur Lach und Schießgesellschaft."

Besucherin:
„Lachen, ja, das werde ich und von ganzem Herzen, denn lachen ist gesund. Zuerst wollen Sie mir einen Tierfilm andrehen, dann verweigern Sie mir den Behindertenausweis, dann soll ich mir einen Drehschwindel anwalzern und mir eine Operette mit Analphabeten ansehen. Wenn Strauss nicht schon tot wäre, würde er mit Millowitsch darauf einen Schnaps trinken. So viel Theater hat dieses Theater gar nicht verdient. Jetzt fahre ich nach Köln, miete mich in der Pension Schöller ein und tanze Rosen aus dem Süden mit dem Strauss Orchester von André Rieu."

Der springende Funke

Zwei Personen: Kunde, Verkäuferin

Bühnenbild:
Verkaufstheke einer Tankstelle

Requisiten: Kerzen, weihnachtliche Dekoration

Kostüme:

Kunde: Alltagskleidung, Jacke

Verkäuferin: bunte Bluse, Jeans

Dauer: 6-8 Minuten

Ein Mann kommt in den Shop einer Tankstelle und schüttelt die
Jacke aus.

Kunde:
„Das ist ja vielleicht ein Wetter da draußen. Wenn das so weiter-
schneit, kann bald kein Auto mehr fahren."

Verkäuferin:
„Es ist halt Adventszeit. Da soll es doch schneien. Was hätten Sie
denn gerne?"

Kunde:
„Ich hätte gerne einen Satz Kerzen."

Verkäuferin:
„Advent, Advent, ein Kerzlein brennt."

Kunde:
„Wollen Sie mich auf den Arm nehmen? Ich habe Kerzen gesagt."

Verkäuferin:
„Nun leuchten wieder Weihnachtskerzen."

Kunde:
„Sind Sie noch bei Trost?"

Verkäuferin:
„Sie wollten doch einen Satz mit Kerzen."

Kunde:
Ich wollte keinen Satz mit Kerzen, ich wollte einen Satz Kerzen."

Verkäuferin:
„Wo ist denn da der Unterschied? Ob mit oder ohne mit, ein Satz
ist ein Satz."

Kunde:
„Ein Satz Kerzen besteht aus mehreren Kerzen."

Verkäuferin:
„Na gut. Wie wäre es damit? Immer ein Lichtlein mehr am Kranze,
den wir gebunden."

Kunde:
„Sagen Sie mal, geht es Ihnen nicht gut? Ohne neue Kerzen kann
ich nicht weiterfahren. Ob mit oder ohne Schnee."

Verkäuferin:
„Wie, Sie fahren mit Kerzen, nicht mit Benzin?"

Kunde:
„Ich tanke Super."

Verkäuferin:
„Tanken müssen Sie schon selber. Hier im Shop können Sie nur
Kerzen kaufen."

Kunde:
„Deshalb bin ich doch hier! Also haben Sie nun Kerzen oder
nicht?"

Verkäuferin:
„Sagen Sie das doch gleich, dass Sie Kerzen kaufen und keinen Satz
mit Kerzen hören wollen. Mit wären die Gedichte ohnehin bald
ausgegangen. Möchten Sie vier rote oder vier weiße Kerzen?"

Kunde:

„Die Farbe ist doch ganz egal. Hauptsache, sie zünden.“

Verkäuferin:

„Unsere Kerzen lassen sich alle anzünden, die sind qualitätsgeprüft.“

Kunde:

„Dann ist es ja gut. Also bitte, haben Sie nun Zündkerzen oder nicht?“

Verkäuferin:

„Zündkerzen wollen Sie, keine Kerzen für den Adventskranz?“

Kunde:

„Ja wo sind wir hier denn? Etwa in einer Kerzendreherei?“

Verkäuferin:

„Sie befinden sich im Shop einer Tankstelle und nicht in einer Autowerkstatt! Wenn Sie Zündkerzen wollen, fahren Sie bitte mit Ihrem Auto in unsere Autowerkstatt. Die ist direkt hinter uns. Fahren Sie also um die Kurve herum und dann in den hinteren Bereich.“

Kunde:

„Aber meine Kerzen lassen sich nicht mehr zünden. Der Funke springt nicht über.“

Verkäuferin:

„Dann versuchen Sie es mal mit einem Feuerzeug, da springt der Funke bestimmt über.“

Hotel Excelsior

Der Aushilfskellner Giovanni Calabrese vertritt den Portier und nimmt die Telefonate entgegen. Es kommt zu allerlei Missverständnissen, da er mit der deutschen Sprache nicht gut vertraut ist. Giovanni Calabrese spricht mit italienischem Akzent.

Der fliegende Holländer

Zwei Personen: Giovanni Calabrese, Portier, Frau Fährmann, Gast

Geteiltes Bühnenbild

Rechtes Seite: Rezeption, Telefon,

Linke Seite: Hotelzimmer, Tisch, Stuhl, Telefon.

Requisiten: Gästebuch, Klingel Speisekarte, Glas
Flasche Cognac,

Kostüme:

Giovanni Calabrese: Schwarzer Anzug, weißes Hemd, Fliege

Frau Färmann: Alltagskleidung

Dauer: 6-8 Minuten

Frau Fährmann hatte sich zum Saarspektakel in Saarbrücken im Hotel Excelsior einquartiert und wollte eine Karte für die Oper „Der fliegenden Holländer" im Saarländischen Staatstheater. Um die Karte zu reservieren, ruft sie den Portier an.

Frau Fährmann:
„Hallo, ist dort der Portier? Hier ist Frau Fährmann."

Am anderen Ende meldet sich der Aushilfskellner Giovanni Calabrese: „Buon giorno, hier Giovanni Calabrese am Apparat!"

Frau Fährmann:
„Ich möchte gerne in die Oper gehen. Reservieren Sie mir doch bitte eine Karte für das Parkett im fliegenden Holländer. Am besten in der Mitte."

Giovanni Calabrese:
„Bitte warten, ich mussen nachschauen." *Giovanni blättert in der Speisekarte, da er den fliegenden Holländer für ein Gericht hält:* „Es tun mir leid. Wir keine fliegenden Holländer haben, impossibile, nur Fisch, nixe Flugzeuge in Bauch. Iste Saarbrucker Saarspektakel. Bitte Sie versuchen nach Sommer!" Er legt auf.

Frau Fährmann wählt neu:
„Hier ist noch einmal Frau Fährmann! Ich brauche eine Karte für die Oper! Verstehen Sie mich?"

Giovanni Calabrese:
„Oh, sie rufen extra an wegen Fliegen? Ich sie gut verstehn. Alle Fliegen landen in Oper wie lustige Witwe. Das tun mir sehr leid, scusi, aber iste Fliegen wirklich nix gut für Fischsuppe."

Frau Fährmann:
„Nein, ich will keine Fliegen in der Suppe und will auch nicht in die lustige Witwe! Verstehen Sie, ich möchte lediglich, dass Sie mir für den fliegenden Holländer eine Karte reservieren!"

Giovanni Calabrese:
„Sehr wohl, grande Signora, Sie reserviert für Fliegen. Aber hier ist nichte Flughafen, hier iste Saarbrucken, Fährefrau, iste molto bene, weißes Stadt, Saarschiffahrt, alles Drachenboot, Spektakel, wie Meer in Holland, äh, äh mir fahre mite Schiffche auf Saar, nicht auf Eiselmeer, hier viele Kähne, nixe Flugschau, Frau Kapitän."

Frau Fährmann beginnt sich zu ärgern:
„Das meinen Sie doch nicht wirklich? Ich weiß, dass es in Saarbrücken keine Flugschau gibt. Wir sind ja nicht in Ramstein. Wir haben hier ein Drachenbootrennen."

Giovanni Calabrese:
„Sie Drachenboot gebucht? Viele schöne Kähne, grande Signora! Großes Trommel, molto bene, mit großes Tamtam, schwimmen alle kieloben."

Jetzt regt sich Frau Fährmann auf:
„Ja, Sie werden auch gleich kielgeholt, Sie Leichtmatrose. Auch ohne Wagner."

Giovanni Calabrese:
„Oh, gnädige Frau, iste Pizza nicht gut genug? Iste unglucklich mit Pizza gustosa? Aber unsere Speisekarte iste imma belissima, fantastico, nixe Wagner-Pizza, nur kunstlich, schmecken schlecht wie Kanal. Alles Ahoi, Frau Kapitän."

Frau Fährmann versucht sich zu beruhigen und sagt:
„Es ist alles in Ordnung mit der Speisekarte, ja, ja, aber ich möchte gern in die Wagner-Oper gehen und keine Wagnerpizza essen.

Außerdem heißt das „Käptn ahoi", auch wenn nur Matrosen an Bord sind."

Giovanni Calabrese:
„Oh, Captain Cook, nixe Fährmann? Iste Canta nova, Andrea Bocelli."
Giovanni fängt an zu singen: „Con te partiro. Su navi per mari che, io lo so. No, no, non esistono più, con te io li vivrò."

Giovanni Calabrese:
„Sollen ich Fallschirm holen lassen für Flughafen? Iste schlechte Wetter morgen, Orkan, nix Canta nova, alles Ahoi, Fährefrau, Sie mussen fahre mite Schiffche bis Eiselmeer, gnädige Frau, wie fliegende Holländer."

Frau Fährmann wird laut:
„Ich fliege doch nicht! Die Oper ist nicht abgesetzt. Und ich bin auch kein fliegender Holländer".

Giovanni Calabrese:
„Bene, sehr wohl, wie Sie meinen, ich verstehe, nix gut heute, Orkan machen alle verruckt. Gute Flugnacht Fährefrau." Giovanni legt wieder auf.

Frau Fährmann sucht vor Schreck in der Minibar nach Getränken und nimmt den Cognac, dann wählt sie neu:
„Hier ist noch einmal Fährmann. Ach bitte, reservieren Sie mir für den fliegenden Holländer aber bitte nur eine Karte in der Mitte des Parketts."

Giovanni Calabrese:
„Scusi, uno Momento." Herr Calabree blättert wieder in der Speisekarte. „Iste leider keine Fliegengericht, nur Fisch oder Suppe mit Fisch, Saarbrucker Saarspektakel, keine Flugschau."

Frau Fährmann glaubt, sich verwählt zu haben und fragt nach:
„Spreche ich mit der Rezeption? Ich habe eben schon angerufen.
Ich möchte weder eine Fischsuppe noch eine Flugkarte reservie-
ren, ich will in die Oper, Parkettmitte."

Giovanni Calabrese:
„Hier iste wieder Giovanni, gnädige Frau. Ah, gut dass jemand will
sitzen in Mitte von Lokal." Er legt den Hörer beiseite und blättert
weiter. „Signora, iste leider nicht in Saarbrucken, nur in Eiselmeer."

Frau Fährmann wird jetzt sehr ärgerlich:
„Das ist doch nicht möglich. Ich möchte in den fliegenden Holländer und nicht nach Holland fliegen."

Giovanni Calabrese:
„Verstehe. Sie wollen nicht fliegen nach Holland, Angst vor Unglück, vielleicht lieber anderes Land?"

Frau Fährmann empört sich:
„Das ist doch nicht zu glauben. Jetzt passen Sie mal auf, noch ein-
mal alles von vorne. Ich, Frau Fährmann, und ich bin auch kein
Kapitän, möchte am Samstag in die Wagneroper „Der fliegende
Holländer" und nicht nach Holland fliegen. Außerdem sind Sie
nicht Bocelli, Sie Cantanovasänger, Sie!"

Jetzt ist Giovanni Calabrese gekränkt.
„Olala, ich nixe Bocelli, aber Sie auch nichte Fischerchor, Sie
Stimme rau wie Hafenarbeiter voll mit Grog. Also wollen reservie-
ren für Wagner, nichte Fischfang, gnä Frau?"

Frau Fährmann beruhigt sich:
„Genau."

Giovanni Calabrese:
„Gut. Dann ich mussen nachschauen." Er blättert wieder in der Speisekarte. „Signora, mite in Parkett?"

Frau Fährmann:
„Ganz genau."

Giovanni Calabrese:
„Sie Gluck haben, Signora! Ich habe Samstagmorgen Platz mitte in Lokal! Sie singen können Rolling home, gnädige Frau."

Frau Fährmann atmet auf:
„Na, endlich! Das hat ja lange gedauert."

Giovanni Calabrese:
„Speisekarte iste morgen neu, alles Pizza!"

Das Weihnachtskonzert

Zwei Personen: Giovanni Calabrese, Portier, Frau Strauß, Gast

Geteiltes Bühnenbild

Rechtes Seite: Rezeption, Telefon, Adventskranz

Linke Seite: Hotelzimmer, Tisch, Stuhl, Telefon

Requisiten: Gästebuch, Klingel

Kostüme:

Giovanni Calabrese: Schwarzer Anzug, weißes Hemd, Fliege

Frau Strauß: Alltagskleidung

Dauer: 6-8 Minuten

Frau Strauß hatte sich zum Christkindlmarkt in Saarbrücken im Hotel Excelsior einquartiert und wollte weiter nach Wien. Um dort ein Hotelzimmer zu buchen, ruft sie den Portier an.

Frau Strauß:
„Hallo, ist dort die Rezeption? Hier ist Frau Strauß, Zimmer dreizehn.“

Am anderen Ende meldet sich der Aushilfskellner Giovanni Calabrese, der mit der deutschen Sprache noch nicht sehr vertraut ist:
„Ja, buon giorno, hier Giovanni Calabrese.“

Frau Strauß:
„Können Sie mir bitte in Wien ein Zimmer reservieren. Ich fliege morgen nach Wien. Am besten in der Stadtmitte in der Nähe des Stephansdoms.“

Giovanni Calabrese:
„Olala, Sie warten, ich mussen in Buch sehen.“ *Giovanni blättert im Gästebuch, das er für das Reservierungsbuch hält*: „Es tun mir leid. Alles vollgeschrieben. Wir keine Zimmer freihaben, impossibile, ausgebucht. Iste Natale, Saarbrucker Christkindlmarkt. Bitte Sie versuchen nach Weihnachten!“ Er legt auf.

Frau Strauß wählt neu:
„Hier ist noch einmal Frau Strauß, Zimmer dreizehn! Ich brauche ein Zimmer in Wien, nicht hier in Saarbrücken! Verstehen Sie mich? Was ist daran eigentlich fatal?“

Giovanni Calabrese:
„Oh, Sie in Wien? Ich Sie gut verstehn. Alle Sträuße kommen aus Wien. Küss die Hand gnä Frau. Das tun mir sehr leid, scusi, aber iste wirklich nix mehr frei. Natale. Wien wird bei Nachte auch schöner.“

Frau Strauß:
„Nein, ich bin nicht in Wien und komme auch nicht aus Wien, ich bin hier in Saarbrücken! Das ist nicht fatal, sondern normal. Verstehen Sie, ich möchte lediglich, dass Sie mir in einem Wiener Hotel ein Zimmer buchen!"

Giovanni Calabrese:
„Sehr wohl, grande Signora, Sie gebucht für Wien. Aber hier ist nichte Wien, hier iste Saarbrucken, Straußenfrau, iste molto bene, große Schloss, Ludwigskirche, alles Barockoko, wie Schloss Schönbrunn, äh, äh mir fahre auch mite Schiffche auf Saar, nicht auf Donau, hier viele Schwäne, nix Straußenvogel."

Frau Strauß wird ungehalten:
„Das ist jetzt nicht Ihr Ernst. Das weiß ich doch alles, ich habe doch hier ein Zimmer gebucht. Ich wohne hier."

Giovanni Calabrese:
„Sie bei uns gebucht? Viele schöne Schwäne, grande Signora!"

Jetzt wird Frau Strauß ärgerlich:
„Ja mir schwant auch gleich etwas. Jetzt schlägt's gleich dreizehn. Ich wohne nämlich in Zimmer dreizehn!"

Giovanni Calabrese:
„Oh, gnä Frau, iste Zimmer nicht gut genug? Iste mit dreizehn Zahl unglucklich? Nix schlagen dreizehn. Iste nur Freitag. Morgen besserer Tag. Aber unsere Speisekarte iste imma belissima, fantastico, Pizza, Pasta, Wiener Schnitzel, Wiener Strudel. Alles Strauß, gnä Frau."

Frau Strauß versucht, sich zu beruhigen und sagt:
„Es ist alles in Ordnung, ja, ja, aber ich fliege nach Wien zum Weihnachtskonzert in die Wiener Oper. Außerdem heißt das „Alles

Walzer" beim Opernball, auch wenn alles von meinem Namensvetter Strauß ist."

Giovanni Calabrese:
„Oh, Wien, nixe Strauß? Iste bessa Opera buffa. Rigoletto." Giovanni fängt an zu singen: „La donna e mobile."

Frau Strauß:
„Also bitte, Sie müssen schon mir überlassen, in welche Aufführung ich gehe. Sie können Guiseppe Verdi ja in Venedig im Teatro La Fenice bewundern."

Giovanni Calabrese:
„Nix für gut, grande Signora. Sollen ich Gepäck holen lassen für Flughafen? Iste schlechte Wetter morgen, Schneesturm, nix opera buffa, alles Walzer, Straußenvogel, sie mussen fahre mite Schiffche bis Donau, gnä Frau, wie Vogelhändler."

Frau Strauß:
„Ich fliege aber morgen! Der Flug ist nicht abgesagt. So schlimm kann es also nicht sein. Und ich bin auch kein Vogelhändler!" Das letzte Wort kam ihr etwas ungestüm über die Lippen.

Giovanni Calabrese:
„Bene, sehr wohl, wie Sie meinen, ich verstehe, Giovanni nix gut, Freitag, der dreizehnte. Gute Nacht! Küss die Hand gnä Frau." Giovanni legt wieder auf.

Frau Strauß trinkt auf den Schreck erst ein Glas Wein und wählt dann neu: „Hier ist noch einmal Strauß. Ach bitte, buchen sie mir aber nur ein Zimmer mit Dusche oder Bad."

Giovanni Calabrese:
„Scusi, uno Momento." Herr Calabree blättert wieder im Gästebuch. „Iste leider alles voll, Natale, Saarbrucker Christkindlmarkt, ausgebucht."

Frau Strauß glaubt, sich verwählt zu haben und fragt nach:
„Spreche ich mit der Rezeption? Ich habe eben schon angerufen. Ich möchte kein Zimmer in diesem Hotel, weil ich schon eins habe, und zwar logiere ich in Zimmer dreizehn."

Giovanni Calabrese:
„Hier iste wieder nix gute Giovanni, gnä Frau. Ah, bene dass jemand will Freitag dreizehntes Zimmer, gutes Zimmer mit Bad". *Er legt den Hörer beiseite und blättert weiter.* „Signora, iste leider alle Seiten besetzt."

Frau Strauß wird jetzt ärgerlich:
„Ja Herrschaftszeiten, dieses Zimmer belege ich doch schon seit einer Woche und morgen wird es frei!"

Giovanni Calabrese:
„Verstehe. Sie wollen nichte Zimmer 13, doch Angst vor munaciello, Geist kommt aber nur in Nacht. Vielleicht doch lieber anderes Zimmer?"

Frau Strauß empört sich:
„Das darf doch nicht wahr sein. Nein, nun einmal ganz langsam zum Mitdenken, damit sie auch alles richtig verstehen. Ich, Frau Strauß, nicht Straußenvogel, und ich bin auch kein Vogelhändler, ziehe morgen hier aus und möchte am Samstag ein Zimmer mit Bad in Wien in der Nähe des Stephansdoms, weil ich Karten für das Weihnachtskonzert in der Wiener Oper habe und nicht für Rigoletto in Venedig! Außerdem singen sie denkbar schlecht, sie Möchtegern-Caruso."

Giovanni Calabrese fühlt sich nun ungerecht behandelt. Schließlich hatte er an seinem freien Tag die Vertretung für den Portier übernommen, damit dieser Urlaub machen konnte.
„Olala, ich nix Caruso, aber singe in coro italiana immer Solo. Ihre Stimme iste auch nichte Callas, sie wie Krimhilde, Rheingold, iste

auch untergegangen. Also wollen buchen für Samstag, nichte Freitag, der dreizehnte, gnä Frau?“

Frau Strauß bemüht sich um Höflichkeit:
„Richtig, für Samstag.“

Giovanni Calabrese:
„Gut. Dann ich mussen nachschauen.“ *Er blättert wieder im Buch.* „Signora mite Bad?“

Frau Strauß:
„Ganz genau.“

Giovanni Calabrese:
„Sie Gluck haben, Signora! Ich habe noch Seite, gefunden, munaciello hat wieder zuruckgebracht, Samstagmorgen Zimmer für sie frei! Sie sagen können zum Abschied Servus, gnä Frau.“

Frau Strauß atmet auf:
„Na, endlich! Das hat ja lange gedauert.“

Giovanni Calabrese:
„Dreizehntes Zimmer morgen wird frei!“

Die Frauen vom Heiligen Geist

Zwei Personen: Giovanni Calabrese, Portier, Pfarrer

Geteiltes Bühnenbild

Rechtes Seite: Rezeption, Telefon, Adventskranz

Linke Seite: Pfarrbüro, Tisch, Stuhl, Telefon, Glas, Flasche Wein

Requisiten: Flasche Rotwein, Glas, Reservierungsbuch, Klingel

Kostüme:

Giovanni Calabrese: Schwarzer Anzug, weißes Hemd, Fliege

Pfarrer: Schwarze Kleidung

Dauer: 6-8 Minuten

Linke Bühnenhälfte: In der Anmeldung sitzt Giovanni Calabrese und blättert in der Speisekarte.

Rechte Bühnenhälfte: Pfarrer sitzt an seinem Schreibtisch und gießt sich ein Glas Rotwein ein. Dann wählt er die Nummer eines Hotels.

Es klingelt

Pfarrer:
„Ist dort der Portier?“

Giovanni Calabrese:
„Hier iste Hotel Excelsior, Giovanni Calabrese am Apparat.“

Pfarrer:
„Ich möchte gerne einen Stock buchen.“

Giovanni Calabrese:
„Einen Stock? Bienen fliegen aber wieder erst nächstes Jahr.“

Pfarrer:
„Bienen, was denn für Bienen? “

Giovanni Calabrese:
„Bienen für Stock fliegen erst wieder im Frühling.“

Anrufer: „Ach so, ich meinte einen ganzen Stock für unsere lieben Frauen vom Heiligen Geist.“

Giovanni Calabrese:
„Stock, ich nicht haben ganzes Stock. Hier iste Hotel Excelsior, nicht Strafanstalt für Frauen.“

Pfarrer:
„Strafanstalt? Wie kommen Sie denn darauf?“

Giovanni Calabrese:
„Sie wollen doch Stock für Frauen.“

Pfarrer:
„Ich meinte doch keinen Schlagstock, sondern einen Flur.“

Giovanni Calabrese:
„Wir keine Wiese für Bienen, wir sind anständiges Hotel, kein Bienenstock. Wir nur Zimmer haben.“

Pfarrer:
„Genau, die Zimmer in einem Flur, einer ganzen Etage oder eines Stockwerkes, ich möchte alle diese Zimmer für die Frauen vom Heiligen Geist buchen.“

Giovanni Calabrese:
„Geist kommen nur nachts. Zimmer müssen ganzes Tag gebucht werden.“

Pfarrer:
„Meine Güte, sie verstehen aber auch gar nichts. Selbstverständlich zahlen wir die normale Zimmerpauschale für einen ganzen Tag. Also können Sie mir bitte einen ganzen Stock in der Woche von Heiligabend bis zum zweiten Weihnachtstag buchen?“

Giovanni Calabrese:
„Gut, ich mussen nachschauen. Keine Zimmer mehr frei. Iste Saarbrucker Weihnachtsmarkt.“

Pfarrer:
„Aber der Weihnachtsmarkt endet doch an Heiligabend. Da werden die Zimmer wieder frei.“

Giovanni Calabrese:
„Scusi Signore, Zimmer alle gebucht von große Basilika. Großes Geist kommen Heiligabend in Messe.“

Pfarrer:
„Wer hat denn die Zimmer gebucht?“

Giovanni Calabrese:
„Großer Geist von große Basilika. Singt Choro in Messe.“

Pfarrer:
„Hat der große Geist auch einen Namen?“

Giovanni Calabrese:
„Ich mussen nachschauen. Messe von Bach gebucht. Ora et labora.“

Pfarrer:
„Meinen Sie das Weihnachtsoratorium von Bach? Dann hat unser Chorleiter die Zimmer gebucht!“

Giovanni Calabrese:
„Nix Chorleiter, nur für Messe von Bach.“

Pfarrer:
„Himmelherrgottnochmal! In der Basilika wird das Weihnachtsoratorium aufgeführt. Aber der Chorleiter hat nur für die vier Solisten gebucht und nicht das ganze Hotel beschlagnahmt.“

Giovanni Calabrese:
„Ich mussen nachschauen. Gut, iste Zimmer frei in zweite Etage und dritte Etage.“

Pfarrer:
„Die Zimmer müssen aber alle in einem Flur sein.“

Giovanni Calabrese:
„Verstehe, Geist kommen doch in Nacht.“

Pfarrer:
„Jetzt hören Sie mal gut zu. Die lieben Frauen vom Heiligen Geist sind Nonnen, für die gilt tatsächlich ora et labora. Deshalb dürfen die auch nicht gestört werden.“

Giovanni Calabrese:
„Verstehe, bringen eigenes Geist mit für ganzes Nacht, ora et labora.“

Pfarrer:
„Also können Sie die anderen Zimmer umbuchen, damit ein ganzer Flur frei wird?“

Giovanni Calabrese:
„Ich mussen nachfragen, ob Bienen nicht mehr da. Sollen ich buchen für Platz am Bach?“

Pfarrer:
„Ja, tun Sie das bitte.“

Giovanni Calabrese:
„Gut, dann ich fragen nach bei Stadt.“

Beide legen auf. Der Pfarrer trinkt Glas Rotwein und sagt:
„Gottseidank. Ich hab schon befürchtet, dass wir ein Zelt aufbauen müssen.“

Das Telefon klingelt, der Pfarrer hebt ab:
„Hat es geklappt?“

Giovanni Calabrese:
„Ja, alle Stöcke in Flurwiese am Staden an der Saar sind frei. Kein Bienenflug mehr. Nonnenfrauen können dort ganze Nacht heiligen Geist empfangen, Stock für Stock. Feuer machen ist aber verboten.“

Sodom und Camorra

Zwei Personen: Giovanni Calabrese, Portier, Pfarrer

Geteiltes Bühnenbild

Rechtes Seite: Rezeption, Telefon, Adventskranz

Linke Seite: Pfarrbüro, Tisch, Stuhl, Telefon, Glas, Flasche Wein

Requisiten: Flasche Rotwein, Glas, Reservierungsbuch, Klingel

Kostüme:

Giovanni Calabrese: Schwarzer Anzug, weißes Hemd, Fliege

Pfarrer: Schwarze Kleidung

Dauer: 6-8 Minuten

Hein Petermann liegt im Hamburger Hafen und will sich in Sankt Pauli amüsieren. Er will sein Stammlokal anrufen, wählt jedoch die Telefonnummer des Hotels Excelsiors in Saarbrücken. Es meldet sich der Portier, die nicht gut deutsch versteht und spricht.

Hein Petermann:
„Hallo, hier ist Hein Petermann, spreche ich mit der Bar?"

Giovanni Calabrese:
„Buon Giorno, hier Giovanni Calabrese am Apparat."

Hein Petermann:
„Aha, ein Italiener, hat die Mafia übernommen?"

Giovanni Calabrese:
„Mafia? Hier iste nicht Sizilia, hier iste Sarrbrucken."

Hein Petermann:
„Sizilien, Saarbrücken. Wie wäre es mit Sankt Pauli?"

Giovanni Calabrese:
„Ich nix wissen Sankt Pauli."

Hein Petermann:
„Sie kennen Sankt Pauli nicht?"

Giovanni Calabrese:
„Ich nur kennen Santo Polo in Roma."

Hein Petermann:
„Roma, auch nicht schlecht, wo ist denn das Roma?"

Giovanni Calabrese:
„Italia, Signore, nichte Sarrbrucken."

Hein Petermann:
„Sie sind wohl der Klabautermann?"

Giovanni Calabrese:
"Ich nixe Klabautermann. Hier iste Giovanni Calabrese, Hotel Excelsior."

Hein Petermann:
„Ach, das rote Haus heißt jetzt Excelsior. Da hat der Besitzer also doch gewechselt. Kein Wunder bei der Mafia."

Giovanni Calabrese:
„Mafia? Camorra? Wir kein Schutzgeld zahlen, Sie Verbrecher?"

Hein Petermann:
„Sie sollen auch nicht zahlen, ich will doch zahlen."

Giovanni Calabrese:
„Wie, Sie zahlen Schutzgeld für Hotel?"

Hein Petermann:
„Ich möchte doch bloß eine Nacht mit Maria buchen."

Giovanni Calabrese:
„Santa Maria? Iste nicht hier, iste in Roma."

Hein Petermann:
„Was ist denn das für ein Laden. Ich fahre doch nicht für eine Nacht bis nach Rom."

Giovanni Calabrese:
„Scusi Signore, hier kein Laden, iste Hotel Excesior."

Hein Petermann:

„Also gut, Sie sind ein Hotel und kein rotes Haus. In Italien laufen wir aber erst nächste Woche ein. Ich möchte doch nur ein bisschen Liebe und zwar morgen. Buchen Sie mir bitte eine Nacht mit Maria!"

Giovanni Calabrese:

„Madonna mia, Amore madre di Dio. Ich mussen nachschauen in Prospekt Ludwigskirche. *Blättert im Prospekt* Scusi, ist morgen keine Messe frei."

Hein Petermann:

„Spinnen Sie doch kein Seemannsgarn. Natürlich ist die Messe frei. Wir liegen doch im Hafen."

Giovanni Calabrese:

„Oh, Sie wollen Schiff buchen. Iste nichte Schifffahrtsamt, hier Hotel Excelsior."

Hein Petermann:

„Ja, hat man dir den Rum gepanscht oder ist in Sankt Pauli die Pest ausgebrochen?"

Giovanni Calabrese:

„Mamma mia, Santo Paolo malato? Pessima, iste pessima."

Hein Petermann:

„Jetzt hören Sie mal, Sie Heulboje, wollen Sie nun ein Geschäft machen oder nicht?"

Giovanni Calabrese:

„Ich nix Hund, machen kein Geschäft. Wir kein Hundehotel."

Hein Petermann:

„Wollen Sie mich betakeln. Ich bin doch kein Sodomist, Sie Haifischköder Sie."

Giovanni Calabrese:
„Sodom und Gomorrha iste auch untergegangen.“

Hein Petermann:
„Deine Segel sind wohl löchrig. Jetzt machen wir mal klar Schiff!
Also nochmals zum Ausklamüsern. Ich, Hein Petermann, liege im
Hamburger Hafen und möchte für morgen eine Nacht mit Maria
buchen. Ich werde auch dafür zahlen. Und ich bin auch kein Ver-
brecher, sondern Matrose, Sie Landratte, Sie!“

Giovanni Calabrese:
„Olala, ich nixe Löcher in Segel, Saarschiff iste immer klar. Sie aber
auch nichte Traumschiff, Sie Hundeliebhaber. Also, wollen nun
buchen für Messe mit Maria?“

Hein Petermann:
„Genau, eine Nacht mit Maria.“

Giovanni Calabrese:
„Sie Gluck haben Signore. Ich habe Nacht gefunden.“

Hein Petermann:
„Na endlich, das hat zwei Glasen zu lange gedauert.“

Giovanni Calabrese:
„Morgen Nacht iste Maria im Himmel in große Basilika, iste Maria
Himmelfahrt.“

Frau Weber und die Oberbürgermeisterin

Die Oberbürgermeisterin bittet die Pressesprecherin Frau Weber zum Gespräch.

Die Meistersinger von Saarbrücken

Zwei Personen: Frau Oberbürgermeisterin, Frau Weber, Pressesprecherin

Bühnenbild:
Büro der Oberbürgermeisterin, Tisch, 2 Stühle, Telefon

Requisiten: 2 Stühle, Tisch mit Akten, Telefon

Kostüme:

Frau Oberbürgermeisterin: Kostüm

Frau Weber: Bürokleidung

Dauer: 6-8 Minuten

Frau Oberbürgermeisterin sitzt am Schreibtisch und wählt.

Oberbürgermeisterin:
„Die Weberin soll reinkommen.“

Frau Weber:
„Guten Morgen, Frau Oberbürgermeisterin.“

Oberbürgermeisterin:
„Guten Morgen Weberin. Die Zeitung berichtet gar nichts über
die Eröffnung des Saarspektakels. Nicht ein Bild von mir ist ent-
halten. Eine Frage, haben Sie vielleicht ein Kopfschmerzmittel dabei?“

Frau Weber:
„Geht es Ihnen nicht gut? Ist Ihnen die Schiffssause nicht bekommen?“

Oberbürgermeisterin:
„Welche Schiffssause?“

Frau Weber:
„Na. die von gestern.“

Oberbürgermeisterin:
„Wie, von gestern? Gestern habe ich das Saarspektakel eröffnet.
Da gab es doch keine Schiffssause.“

Frau Weber:
„Das dachte ich mir schon, dass gestern ein Tag zum Vergessen
war.“

Oberbürgermeisterin:
„Was war denn gestern?“

Frau Weber:
„Sie haben es also wirklich vergessen. Kein Wunder, beim vierten Grog sind sie über Bord gegangen."

Oberbürgermeisterin:
„Wieso über Bord gegangen? Ich hab doch bloß das Grußwort gesprochen."

Frau Weber:
„Sinnbildlich stand Ihnen das Wasser bis zum Hals."

Oberbürgermeisterin:
„Weberin, reden Sie nicht in kryptischen Vergleichen. Ich erinnere mich, dass nach meinen wohl formulierten Grußworten die Bistalmöwen aufgetreten sind."

Frau Weber:
„Und dann der Regionalverbandsdirektor und als Ehrengast Oskar Lafontaine."

Oberbürgermeisterin:
„Weshalb hatten wir ihn eigentlich eingeladen?"

Frau Weber:
„Die Linke wollte Ihren Antrag auf Bezuschussung des Projektes „Stadt am Fluss" unterstützen."

Oberbürgermeisterin:
„Der Landeszuschuss wurde doch gar nicht genehmigt. Was hatte er denn von sich gegeben?"

Frau Weber:
„Er sprach von der Physik des Wassers beim Bau einer unterirdischen Autobahn."

Oberbürgermeisterin:
„Hat da überhaupt jemand zugehört?"

Frau Weber:
„Eben nicht, die Bistalmöwen haben ihm sozusagen ins Wort gesungen."

Oberbürgermeisterin:
„Wie kommen die Sangesbrüder dazu, einen Ehrengast zu unterbrechen?"

Frau Weber:
„Wir hatten ein Zeichen für ihren Einsatz vereinbart. Wenn Sie sich die Nase putzten, sollte der Chor ein Lied anstimmen. Ich konnte ja nicht wissen, dass Sie über Nacht einen Schnupfen bekommen hatten."

Oberbürgermeisterin:
„Ach du liebe Zeit! Das wird mir Oskar nie verzeihen."

Frau Weber:
„Nachdem die Bistalmöwen die Rede ständig unterbrochen hatten, habe ich sie auf einen Grog auf das Saarlandschiff eingeladen. Sie waren ja ununterbrochen am Nießen."

Oberbürgermeisterin:
„Das war auch eine Schnapsidee von Ihnen."

Frau Weber:
„Schnaps war dann ja auch das letzte Wort."

Oberbürgermeisterin:
„Wie meinen Sie das nun wieder?"

Frau Weber:

„Sie kamen mit Lafontaine nach, die Presse im Gefolge. Der Chor fing wieder an zu singen. Als sie einen Grog nach dem anderen gekippt hatten, sangen Sie und Lafontaine kräftig mit.“

Oberbürgermeisterin:

„Oh Gott, Weberin, hat uns jemand zugehört?“
Frau Weber: „Nur die Gäste und die Presse.“

Oberbürgermeisterin:

„Wie peinlich!“

Frau Weber:

„Das wäre nicht so schlimm gewesen, wäre Ihnen nicht die Idee gekommen, mit Lafontaine um die Wette zu singen.“

Oberbürgermeisterin:

„Das wird ja immer schöner. Was haben wir denn gesungen?“

Frau Weber:

„Als Schnapsdrossel sind Sie unschlagbar. Sie haben gezwitschert wie ein Vögelein. (*singt auf die Melodie La paloma*) Kohlekraft in die Höh, bald schon wird sie vorbei sein, nur Erinnrung an Stunden des Bebens bleibt noch im Land zurück. Lafontaine sang daraufhin: (*singt auf die Melodie Seemann , lass das Träumen*) Lotte, lass das Träumen, bald ist alles aus, Lotte andre Kreise stürmen das Rathaus. Das gipfelte schließlich darin, dass sie zum Schluss, als Sie sich textlich angenähert hatten, gemeinsam sangen, (*singt auf die Melodie Auf der Reeperbahn*) Auf der Reeperbahn in Sankt Johann, ob 'ne Frau du bist oder ein Mann, amüsierst du dich, denn das findet sich auf der Reeperbahn in Sankt Johann. Wer noch niemals in lauschiger Nacht, nackt im Brunnen gebadet dort hat, ist ein armer Wicht, denn er kennt dich nicht, mein Saarbrücken, Saarbrücken bei Nacht. Danach sind Sie dann umgefallen und haben im Schnaps gebadet.“

Oberbürgermeisterin:
„Das ist ja eine Katastrophe.“

Frau Weber:
„Das Wasser stand Ihnen sprichwörtlich bis zum Hals. Unglücklicherweise ist Lafontaine darauf ausgerutscht und auf sie drauf gefallen. Die Schlagzeile unter diesem Bild sollte lauten: Charlotte und Oskar auf dem Höhepunkt ihrer Erwartungen. SPD und Linke wiedervereint.“

Oberbürgermeisterin:
„Wie haben Sie denn geschafft, dass dies nicht in der Zeitung erschienen ist?“

Frau Weber:
„Ich habe der Zeitung angeboten, Sie bei den nächsten Stadtspaziergängen nicht mehr begleiten zu müssen. Da haben die sofort zugesagt.“

Die Adventsfeier

Zwei Personen: Frau Oberbürgermeisterin, Frau Weber, Pressesprecherin

Bühnenbild:
Büro der Oberbürgermeisterin, Tisch, 2 Stühle, Telefon

Requisiten: 2 Stühle, Tisch mit Akten, Telefon

Kostüme:

Frau Oberbürgermeisterin: Kostüm

Frau Weber: Bürokleidung

Dauer: 6-8 Minuten

Frau Oberbürgermeisterin sitzt am Bürotisch und wählt.

Die Oberbürgermeisterin:
„Die Weberin soll reinkommen.“

Frau Weber:
„Guten Morgen Frau Oberbürgermeisterin.“

Oberbürgermeisterin:
„Guten Morgen Weberin. Ist für die Adventfeier alles vorbereitet?“

Frau Weber:
„Ja, die Kerzen sind alle gekauft.“

Oberbürgermeisterin:
„Wie, welche Kerzen?“

Frau Weber:
„Die Kerzen für die Adventsfeier.“

Oberbürgermeisterin:
„Weberin, wir können nur elektrische Kerzen brennen lassen, Brandschutzbestimmung!“

Frau Weber:
„Der Umweltschutz, dachte ich, müsste in diesem Jahr vorgehen. Deshalb wird das Rathaus heute Abend von Kerzen erhellt.“

Oberbürgermeisterin:
„Weberin, das geht nicht. Das ist gegen die Vorschrift!“

Frau Weber:
„Ich halte mich lieber an die Nachschrift: Hier regierte Frau Oberbürgermeisterin mit den hellsten Köpfen.“

Oberbürgermeisterin:
„Also bitte, Weberin, was soll denn das?"

Frau Weber:
„Soll in ihrem Nachruf vielleicht stehen, dass sie Energie ver-
schwendet hätten? Stellen sie sich mal vor, die Landeshauptstadt
als Energiefresserin."

Oberbürgermeisterin:
„Sie wissen genau, was uns die Brandschutzauflagen für Ärger machen.
Der Umbau der HTW wird deshalb in die Geschichte eingehen."

Frau Weber:
„Der Umweltschutz ist in diesem Jahr höher zu bewerten, seitdem
das Schwedenkind Greta das Klima vergiftet."

Oberbürgermeisterin:
„Die kleine Greta tritt für die Zukunft der Jugend ein."

Frau Weber:
„Eben. Deshalb brennen an diesem Abend nur Kerzen. Stellen sie
sich vor, Greta wäre hier."

Oberbürgermeisterin:
„Das will ich mir nicht vorstellen."

Frau Weber:
„Dann stellen sie sich vor, neben ihren Beschäftigten ständen auch
deren Kinder."

Oberbürgermeisterin:
„Die Adventsfeier ist doch kein heiliger Abend."

Frau Weber:
„Seitdem sich die Kosten für den Neubau des Ludwigsparks ver-
dreifacht haben, ist hier nichts mehr heilig."

Oberbürgermeisterin:
„Da sehen sie es. Wir müssen uns an die Vorschriften halten, sonst
fliegen uns die Brandschutzbestimmungen um die Ohren."

Frau Weber:
„Anstatt dessen dann wohl der Haushalt."

Oberbürgermeisterin:
„Wieso Haushalt. Der ist doch genehmigt. Der kann uns nicht
mehr um die Ohren fliegen."

Frau Weber:
„Wenn die Zinseszinsen nicht mehr aufzubringen sind, brennt es
nicht nur im Staate Dänemark."

Oberbürgermeisterin:
„Wir werden eine Teilentschuldung bekommen. Das hat man mir in
Berlin hoch und heilig versprochen."

Frau Weber:
„Wenn denen in Berlin das Versprechen so heilig ist wie ihnen die
Adventsfeier, geht uns der Strom bald ganz aus."

Oberbürgermeisterin:
„Wenn sie unbedingt sparen wollen, werden halt nur vier Adventskerzen brennen, elektrische wohlgemerkt."

Frau Weber:
„Bei den vielen Heiligenscheinen wäre eine Festbeleuchtung auch
völlig überflüssig."

Oberbürgermeisterin:
„Heiligenscheine, wer hat denn hier einen Heiligenschein an?“

Frau Weber:
„Alle, die Wasser predigen und Wein trinken.“

Oberbürgermeisterin:
„Gut, dann ist der Glühwein auch gestrichen. Sonst noch was?“

Frau Weber:
„Eine Adventsfeier, bei der nur vier elektrische Adventskerzen brennen und es keinen Glühwein gibt, wird bei den Beschäftigten nicht sonderlich ankommen. Da werden wir wohl unter uns bleiben.“

Oberbürgermeisterin:
„Was zählt, ist das Angebot, nicht die Anwesenheit der Beschäftigten. So erfüllen wir unsere Arbeitgeberpflicht.“

Frau Weber:
„Wenn der liebe Gott nur seine Pflicht erfüllt hätte, wäre sein Sohn nicht zur Welt gekommen. Es gäbe gar kein Weihnachtsfest. Die Menschheit würde nicht erlöst werden.“

Oberbürgermeisterin:
„Also schön, zünden sie Kerzen an, schenken sie Glühwein aus und damit Sie Ruhe gegen, bestellen sie auch noch Schnittchen und Weihnachtsstollen. Um den Brandschutzbestimmungen zu genügen, soll die Feuerwehr vorsorglich ein paar Männer im Rathaus postieren und deklarieren sie das Ganze als vorgezogene Brandschutzübung. Dann haben wir diese bereits für das nächste Jahr abgehakt.“

Frau Weber:
„Schön und gut. Das Problem ist aber, dass die Feuerwehr unterbesetzt ist und wir dafür gar kein Personal haben. Die Zeitarbeiter

können wir nur für Noteinsätze aktivieren und die Kollegen mit den befristeten Arbeitsverträgen haben wir alle in den Urlaub geschickt."

Oberbürgermeisterin:
„Ist das so? Dann sichern sie den Zeitarbeitern und den anderen Feuerwehrleuten eine feste Anstellung zu. Ist das jetzt genug, Weberin?"

Frau Weber:
„Das nenn ich eine umsichtige Politik, Vergnügen und Pflicht miteinander zu verknüpfen und daraus auch noch Kapital schlagen."

Oberbürgermeisterin:
„Ich nenne das, zwei Fliegen mit eine Klappe schlagen."

Frau Weber:
„Dann können wir also die offenen Stellen der Feuerwehr wieder fest besetzen und die befristeten Arbeitsverträge in feste umwandeln?

Oberbürgermeisterin:
„Ja, in Gottes Namen. Veranlassen Sie alles. Die Genehmigung durch den Stadtrat holen wir in der nächsten Sitzung nach."

Frau Weber:
„Mein Gott, die werden sich vielleicht freuen. Und erst deren Kinder und all die kleinen Gretas und Peters in Saarbrücken. Das nenn ich eine tolle Weihnachtsüberraschung. Diese Adventsfeier wird auch in die Geschichte eingehen."

Herrscher des Himmels erhöre das Lallen

Zwei Personen: Frau Oberbürgermeisterin, Frau Weber, Pressesprecherin

Bühnenbild:
Büro der Oberbürgermeisterin, Tisch, 2 Stühle, Telefon

Requisiten: 2 Stühle, Tisch mit Akten, Telefon

Kostüme:

Frau Oberbürgermeisterin: Kostüm

Frau Weber: Bürokleidung

Dauer: 6-8 Minuten

Frau Oberbürgermeisterin sitzt am Schreibtisch und wählt.

Oberbürgermeisterin:
„Die Weberin soll reinkommen.“

Frau Weber kommt mit Akten unter dem Arm auf die Bühne.
Frau Weber:
„Guten Morgen Frau Oberbürgermeisterin.“

Oberbürgermeisterin:
„Guten Morgen Weberin. Wie war der Ausflug auf den Sankt Wendeler Weihnachtsmarkt? Haben unsre Gruppen uns gut vertreten?“

Frau Weber setzt sich und legt die Akten ab.
Frau Weber:
„Sagen wir mal, wir sind zurecht gekommen.“

Oberbürgermeisterin:
„Zurecht gekommen? Was ist denn das für eine Aussage. Hat es keinen Spaß gemacht?“

Frau Weber:
„Spaßig war es wirklich, das kann man so sagen.“

Oberbürgermeisterin:
„Was meinen Sie denn damit?“

Frau Weber:
„Wir waren alle wohlgestimmt und eingesungen, als wir mit dem Reisebus auf dem Busparkplatz in Sankt Wendel ankamen, der Bürgermeister von Dudweiler, die Kollegen des Amtes für Entwicklungsplanung als Mandelspatzen unter der Chorleitung der Amtsleiterin, die Kollegen des Amtes für Stadtgrün und Friedhöfe

als fliegende Engel und die Kollegen vom Amt für Kinder und Bildung als trommelnde Hirtenbuben mitsamt der Abteilung für Brand- und Zivilschutz als Geleit."

Oberbürgermeisterin:
„Na, das war doch schön."

Frau Weber:
„Schön war, dass der Bus so nahe am Weihnachtsmarkt parkte. Unsere Delegation stieg also aus und trommelte Schritt für Schritt in Richtung Marktplatz. Am Stand der Handwerkerzunft scharten sich die Trommeljungen um den Schmied und stellten die Trommeln hinter sich ab."

Oberbürgermeisterin:
„Dienstbeflissen nenn ich das, geradezu vorbildlich, am Markt der städtischen Konkurrenz teilzunehmen und ihn auch noch zu bewundern."

Frau Weber:
„Vorbildlich ja. Nur dass die städtische Kita gerade mit einem Geschenkesuchspiel begonnen hatte. Da die Trommeln so schön geschmückt beiseite standen, dachten die Kinder, das seien Geschenke und begannen, die Trommeln auszupacken."

Oberbürgermeisterin:
„Wie auspacken, waren die etwa noch eingewickelt?"

Frau Weber:
„Eben nicht. Die Kinder dachten, die gespannte Trommelhaut sei die Verpackung und schnitten alle Trommeln auf."

Oberbürgermeisterin:
„Ach du lieber Gott! Das fing ja gut an. Hoffentlich ist sonst alles gut gegangen?"

Frau Weber:

„Nicht ganz. Unsere fliegenden Engel flogen durch die Gässchen von einem Stand zum anderen und tanzten wild um den goldenen Glühweintrog. Derweil sammelten die Mandelspatzen die halbleeren Glühweinbecher als Ersatz für die Trommeln ein und leerten sie bis auf den Grund, damit der Ton stimmt.“

Oberbürgermeisterin:

„Sagen Sie mal, was hat denn der Bürgermeister aus Dudweiler da gemacht. Hat er nicht eingegriffen und das Trinkgelage aufgelöst?“

Frau Weber:

„Eingegriffen schon. Der hat ständig für Nachschub gesorgt getreu dem Motto, sehet die Vögel am Himmel, sie säen nicht, aber sie trinken doch. Als alle Hirtenbuben von den Trommelbechern genug eingesammelt hatten, schwankte die ganze Corona zur Bühne, allen voran die flatterenden Engel, unterstützt vom Gesang der Mandelvögel.“

Oberbürgermeisterin:

„Immerhin hat der Chor gesungen, Weberin, das war bestimmt eine Meisterleistung.“

Frau Weber:

„Gesungen konnte man das nicht mehr nennen, eher ein Lallen. Was aber nicht so schlimm war, schließlich heißt es ja bei Bach, Herrscher des Himmels erhöre das Lallen.“

Oberbürgermeisterin:

„Hat der Dudweiler Bürgermeister sich wenigstens für die Einladung bei der Sankt Wendeler Delegation bedankt?“

Frau Weber:

„Er trat nach dem Lallen unserer Mandelspatzen unter dem Klopfen der Glühweinbecher unserer Hirtenbuben an das Mikrophon und verkündete großherzig, dass Sie, Frau Oberbürgermeisterin, zum Dank für die Einladung sich mit einer Gegeneinladung zum Max-Ophüls-Festival revanchieren würden."

Oberbürgermeisterin:
„Da sehen sie's, Schadensbegrenzung kann er, der Herr Kollege, immerhin."

Frau Weber:
„Schadensbegrenzung betrieb dann auch das rote Kreuz."

Oberbürgermeisterin:
„Schadensbegrenzung? Was hatte denn das rote Kreuz damit zu tun?"

Frau Weber:
„Als die nun vom Tanzen trunkenen Engel schließlich völlig desorientiert über den Bühnenrand stürzten und die Hirtenbuben gleich mitrissen, versorgte das rote Kreuz die Wunden der Hingefallenen. Schließlich sammelten die Kollegen vom Brand- und Zivilschutz die verbundenen und bepflasterten Engel und Hirten ein und fuhren sie mit den Schubkarren der Handwerkerzunft auf den Busparkplatz, wo man sie in den Bus schaffte."

Oberbürgermeisterin:
„Ach du lieber Gott, da sind wir ja richtig blamiert worden. Wenn das die Presse mitgekriegt hat."

Frau Weber:
„Hat sie. Die Schlagzeile sollte lauten: Die Landeshauptstadt vor dem Absturz. Saarbrücker Beamte im Delirium."

Oberbürgermeisterin:
„Ist die Zeitung schon erschienen?"

Frau Weber:
„Nein, Aber ich musste versprechen, dass die Sankt Wendeler Presse das Exklusivrecht an der Berichterstattung des Altsaarbrücker Christkindlmarktes bekommt. Außerdem wollten diese Nutznießer auch noch mit dem Nikolaus im Rentierschlitten über den Sankt Johanner Markt mitfliegen."

Oberbürgermeisterin:
„Aber Weberin, das in Zeiten von Corona. Wie soll man denn im Schlitten Abstand halten?"

Frau Weber:
„Vielleicht lässt der richtige Nikolaus die Winde los und schaukelt alles solange hin und her, bis die Presseleute herauspurzeln."

Oberbürgermeisterin:
„Aber Weberin, so etwas wünscht man selbst seinen Feinden nicht, schon gar nicht an Weihnachten. Das bringt Unglück!"

Frau Weber: „Wieso denn? Für abgestürzte Engel und kleine Sünderlein hatte der Himmel noch immer Verständnis."

Fastenzeit

Zwei Personen: Frau Oberbürgermeisterin, Frau Weber, Pressesprecherin

Bühnenbild:
Büro der Oberbürgermeisterin, Tisch, 2 Stühle, Telefon

Requisiten: 2 Stühle, Tisch mit Akten, Telefon

Kostüme:

Frau Oberbürgermeisterin: Kostüm

Frau Weber: Bürokleidung

Dauer: 6-8 Minuten

Die Oberbürgermeisterin sitzt am Bürotisch und wählt.

Oberbürgermeisterin:
„Die Weberin soll reinkommen.“

Frau Weber:
„Guten Morgen, Frau Oberbürgermeisterin.“

Oberbürgermeisterin:
„Guten Morgen Weberin. Sagen Sie mal, wieso ist denn der Krankenstand so hoch?“

Frau Weber:
„Es ist Fastenzeit. Die einen Kollegen haben zuerst mit dem Arbeitsfasten angefangen, die anderen mit dem Autoimmunfasten.“

Oberbürgermeisterin:
„Was ist denn das, Arbeitsfasten, Autoimmunfasten. Die Fastenzeit dient doch der inneren Reinigung.“

Frau Weber:
„Nach der äußeren Reinigung folgt die innere Reinigung.“

Oberbürgermeisterin:
„Wie, äußere Reinigung, wie meinen Sie denn das.“

Frau Weber:
„Ja, die Belegschaft hat sich schmutzig gemacht.“
Oberbürgermeisterin: „Was heißt hier schmutzig gemacht. Sind die etwa alle in den Matsch gefallen?“

Frau Weber:
„Nicht alle.“

Oberbürgermeisterin:
„Was heißt, nicht alle. Weberin, lassen Sie sich doch nicht alles aus
der Nase ziehen."

Weberin:
„Einige sind beim Angeln in den Matsch gefallen."

Oberbürgermeisterin:
„Beim Angeln?

Frau Weber:
„Ja, beim Angeln. Das war so. Ich sollte doch das Heringsessen
organisieren. Um zu sparen haben die Kollegen sich bereit erklärt,
die Fische ehrenamtlich aus der Saar selbst zu angeln."

Oberbürgermeisterin:
„Was, die Heringe stammen aus der Saar? Wollten Sie mich vergiften?
Haben Sie deshalb die Dienstreise nach Berlin organisiert."

Frau Weber:
„Vergiften? Die Saar wird doch ständig durch die ganzen Staustu-
fen mit Sauerstoff angereichert, gewissermaßen renaturiert. Die
Kläranlagen fließen nicht mehr direkt in die Saar, die haben wir
doch extra in die Nebenflüsse umgeleitet."

Oberbürgermeisterin:
„Fische aus der Saar sind kein Genuss, Weberin, da wären Sie besser zur Meeresfischzuchtanlage nach Völklingen gefahren."

Frau Weber:
„Deshalb haben wir auch ein Probeessen veranstaltet."

Oberbürgermeisterin:
„Ein Probeessen. Weshalb weiß ich davon nichts."

Frau Weber:

„Mit solchen Kleinigkeiten wollen Sie doch nichts zu tun haben. Sie sind nur für die großen Taten verantwortlich. Jedenfalls sind einige am Staden ausgerutscht und in den Böschungsmatsch gefallen. Dem folgte die äußere Reinigung.“

Oberbürgermeisterin:

„Schön und gut. Was hat das mit dem Arbeitsfasten zu tun?“

Frau Weber:

„Ja die angefallenen Überstunden des Angelns und der äußeren Reinigung sollten in der Fastenzeit abgehungert, also abgefastet werden, Arbeitsfasten für den Haushalt, sozusagen.“

Oberbürgermeisterin:

„Sind Sie noch zu retten? Dafür ist gefälligst Urlaub zu nehmen.“

Frau Weber:

„Für ehrenamtliche Tätigkeiten sehen die Richtlinien zur Förderung des Ehrenamtes aber eine Arbeitsfreistellung vor.“

Oberbürgermeisterin:

„Wer in Gottes Namen ist auf die hirnverbrannte Idee gekommen, das Ehrenamt mit Arbeitsfreistellungen zu fördern?“

Frau Weber:

„Sie, Frau Oberbürgermeisterin. Das Zugeständnis der letzten Landtagswahl.

Oberbürgermeisterin:

„Seit wann erfüllen wir Wahlversprechen?“

Frau Weber:

„Seit der Festanstellung der Feuerwehrleute.“

Oberbürgermeisterin:
„Was hat denn das nun um Himmels willen mit dem Heringsessen
zu tun?“

Frau Weber:
„Ja also, nach dem nicht genügend Fische geangelt werden konnten, haben wir die in Sahne eingelegten Heringe aus dem Super-
markt gekauft.“

Oberbürgermeisterin:
„Das darf doch alles nicht wahr sein. Wir haben also weder gespart
noch umweltfreundlich gehaushaltet?“

Frau Weber:
„Leider waren wir zu spät und konnten nur noch die kleinen Por-
tionen kaufen.“

Oberbürgermeisterin:
„Was, Sie haben hunderte Plastikverpackungen eingekauft?“

Frau Weber:
„Es blieb uns nicht anderes übrig. Als die nachträglich verfeinerten
Sahneheringe der Fertigpackungen serviert und von den Kollegen
verspeist wurden, sind alle nacheinander krank geworden.“

Oberbürgermeisterin:
„Krank geworden?“

Frau Weber:
„Leider hat die Lebensmittelkontrolle nicht funktioniert. Die Zuliefe-
rerbetriebe konnten mangels Personals nicht alle kontrolliert werden.
Der Regionalverband hätte sonst die Umlage erhöhen müssen.“

Oberbürgermeisterin:
„Das darf doch alles nicht wahr sein.“

Frau Weber:
„Die Sahne war verdorben. Unsere festangestellte Feuerwehr ist
eingesprungen und hat die erkrankten Kollegen auf den Winter-
berg gebracht."

Oberbürgermeisterin:
„Dann sind wir also längere Zeit unterbesetzt. Und das alles nur
wegen der Bräuche des christlichen Osterfestkreises. Und wie sollen wir das der Öffentlichkeit erklären?"

Frau Weber:
„Als Arbeitnehmerfasten, sozusagen. Als Opfergabe der Landeshauptstadt. Bei so viel christlicher Nächstenliebe ist der Sohn Gottes wenigstens nicht umsonst gestorben."

Kappensitzung

Zwei Personen: Frau Oberbürgermeisterin, Frau Weber, Pressesprecherin

Bühnenbild:
Büro der Oberbürgermeisterin, Tisch, 2 Stühle, Telefon

Requisiten: 2 Stühle, Tisch mit Akten, Telefon

Kostüme:

Frau Oberbürgermeisterin: Kostüm

Frau Weber: Bürokleidung

Dauer: 6-8 Minuten

Frau Oberbürgermeisterin sitzt am Bürotisch und wählt.

Die Oberbürgermeisterin telefoniert:
„Hier ist die Oberbürgermeisterin. Die Weberin soll umgehend in mein Büro kommen."

Frau Weber: „Guten Morgen Frau Oberbürgermeisterin."

Oberbürgermeisterin:
„Guten Morgen Weberin. Sagen Sie mal, Sie waren doch gestern bei der Kappensitzung."

Frau Weber:
„Kappensitzung? Ich dachte der Stadtrat tagt erst wieder nach Fasching."

Oberbürgermeisterin:
„Weberin, Sie sollten die ehrenamtlichen Würdenträger nicht so beleidigen."

Frau Weber:
„Ehrenamt? Ist das ein Faschingsscherz? Seit wann braucht man für dieses Amt Ehre?"

Oberbürgermeisterin:
„Nicht das Amt braucht die Ehre, die Ehre braucht das Amt."

Frau Weber:
„Ach was, und ich dachte, es ginge um die Sitzungsgelder."

Oberbürgermeisterin:
„Umsonst ist nur der Tod und der kostet das Leben."

Frau Weber:
„So viel Vergeblichkeit drückt eben auf den Stadtsäckel. Doch ist die Stadt erst ruiniert, stärkt sie Kontrollen ungeniert."

Oberbürgermeisterin:
„Weberin, die Parkplatzsituation wird ohne Kontrollen auch nicht besser."

Frau Weber:
„Wenn Sie das sagen, Frau Oberbürgermeisterin."

Oberbürgermeisterin:
„Weberin, waren Sie nun auf der Kappensitzung in der Saarlandhalle? Ich war leider zu unpässlich."

Frau Weber:
„So viel Unpässlichkeit bei einer Prunksitzung hat es noch nicht gegeben."

Oberbürgermeisterin:
„Wie meinen Sie das."

Frau Weber:
„Der Oppositionsführer war auch nicht da."

Oberbürgermeisterin:
„Dann war das wohl ein Schuss ins Leere."

Frau Weber:
„Eher vor den Bug. Da die führenden Politiker der Landeshauptstadt nicht anwesend waren, hat der Elferrat eine Oberbürgermeisterin und einen Oppositionsführer aus dem Publikum nominiert. Man wollte für die Pfeile eine Zielscheibe haben."

Oberbürgermeisterin:
„Diese Faschingsprinzen haben also eine Bühne gebraucht."

Frau Weber:
 „Da verstehen die keinen Spaß. An Fasching ist niemand zum
Scherzen aufgelegt."

Oberbürgermeisterin:
„Wäre auch ein Wunder, wenn das Volk seinen natürlichen Aufga-
ben nachkommen würde."

Frau Weber:
„Ganz im Gegenteil. Das Volk hat gewütet wie einst bei Nero, dem
Verrückten."

Oberbürgermeisterin:
„Wie Kaiser Nero? Der hat Rom in Brand gesetzt."

Frau Weber:
„Und der Elferrat die Saarlandhalle."

Oberbürgermeisterin:
„Was, es hat gebrannt? Tatsächlich? Mein Gott, die Feuerwehr ist
immer noch unterbesetzt."

Frau Weber:
„Es brannte an Worten, so dass das Volk mit dem Löschen nicht
mehr nachkam. Das hat vielleicht gestunken."

Oberbürgermeisterin:
„Wieso gestunken?"

Frau Weber:
„Ja trinken Sie mal den ganzen Abend Apfelsaft. Die Verdauung
möchte ich sehen, die da nicht angeregt werden würde."

Oberbürgermeisterin:
„Weshalb gab es keinen Champagner?"

Frau Weber:
„Die Königin der Weine war ausgegangen, genau wie Sie."

Oberbürgermeisterin:
„Fasching ohne Champagner? Das gibt es doch gar nicht."

Frau Weber:
„Nachdem der Elferrat für Ihren Ersatz gesorgte hatte, ersetzte dieser den Champagner mit Apfelsaft. Der hat sich die Faschingsreden so sehr zu Herzen genommen, dass er nicht weiter Wasser predigen und Wein trinken wollte."

Oberbürgermeisterin:
„Das ist ja ungeheuerlich, Kritik ernst zu nehmen und den Leuten das Trinken verbieten! Da haben wir ja gar keinen Umsatz gemacht."

Frau Weber:
„Das ist das Schöne daran. Alle nichtalkoholischen Getränke waren teurer als der Alkohol."

Oberbürgermeisterin:
„Das Vergnügen lag also auf unserer Seite."

Frau Weber:
„Nicht ganz. Das Volk begnügte sich nicht mit Wasser. Die nahmen den Spaß auch todernst, packten den vorsorglich eingeschleusten Vorrat aus und begannen, heimlich zu trinken. Als die Narren von dem vielen Alko-Wasser trunken waren, stürmten diese die Reservebänke...""

Oberbürgermeisterin:
„Was?"

Frau Weber:

„Sie stürmten die reservierten Bänke und verpassten den Ehren-
bürgern eine Wassertaufe. Da stand das ganze Kabinett unter Wasser und sang mit ihrem Volk gemeinsam *mir fahre mem Schiffche so gär
uf da Saar*. Die nichtalkoholisierte Oberbürgermeisterin hat man
dann mitsamt dem Oppositionsführer zu Grabe getragen. Das war
vielleicht eine schöne Beerdigung. So einen würdevollen Abgang
hat es an der Saar schon lange nicht mehr gegeben.“

Kleinvieh macht auch Mist

Zwei Personen: Frau Oberbürgermeisterin, Frau Weber, Pressesprecherin

Bühnenbild:
Büro der Oberbürgermeisterin, Tisch, 2 Stühle, Telefon, Rosenstrauß

Requisiten: 2 Stühle, Tisch mit Akten, Telefon, Rosenstrauß

Kostüme:

Frau Oberbürgermeisterin: Kostüm

Frau Weber: Bürokleidung

Dauer: 6-8 Minuten

Frau Oberbürgermeisterin sitzt am Bürotisch und wählt.

Frau Oberbürgermeisterin:
„Hier ist die Oberbürgermeisterin. Die Weberin soll umgehend in
mein Büro kommen."

Frau Weber:
„Guten Morgen Frau Oberbürgermeisterin."

Frau Oberbürgermeisterin:
„Guten Morgen Weberin. Haben Sie die Zeitung schon gelesen?
Da steht, im Rathaus sei man in der oberen Etage neuerdings auf
Rosen gebettet."

Frau Weber:
„Die meinen sicher den Rosenstrauß auf Ihrem Schreibtisch."

Frau Oberbürgermeisterin:
„Sie sind wohl von allen guten Geistern verlassen?"

Frau Weber:
„Die Geister verlassen mich eigentlich nie, die suchen mich ständig!"

Frau Oberbürgermeisterin:
„Welcher Geist sucht Sie schon?"

Frau Weber:
„Der Flaschengeist."

Frau Oberbürgermeisterin:
„Haben Sie zu viel getrunken?"

Frau Weber:
„So tief bin ich nun auch nicht gesunken."

Frau Oberbürgermeisterin:
„Gesunken oder getrunken. Im Dienst ist Alkohol verboten."

Frau Weber:
„Ja, weil Kinder und Betrunkene die Wahrheit sagen."

Frau Oberbürgermeisterin:
„Weberin, wollen Sie etwa sagen, dass in meinem Rathaus gelogen wird?"

Frau Weber:
„Gelogen ist ein scharfes Schwert, gebogen, gebogen trifft es eher. Ich kann da nicht mithalten, mein Gewicht reicht dazu nicht aus."

Frau Oberbürgermeisterin:
„Wer leicht ist, kommt auch leicht ins Fliegen."

Frau Weber:
„Da haben Sie Recht. Ist nur gut, dass Sie immer den Vogel abschießen wollen."

Frau Oberbürgermeisterin:
„Weberin! Ich kann doch gar nicht schießen!"

Frau Weber:
„Ja, weil Sie die Brille vergessen, wenn Sie treffen sollen."

Frau Oberbürgermeisterin: „Ich vergesse die Brille nur, um sie zu schonen. Sie wissen doch, dass wir pleite sind."

Frau Weber:
„Sind deshalb die Klobrillen im unteren Rathaus alle aus Plastik. Nur auf Ihrem Flur gibt es welche aus Porzellan."

Frau Oberbürgermeisterin:
„Das war ein Versehen der Verwaltung. Deshalb sind wir aber noch lange nicht auf Rosen gebettet."

Frau Weber:
„Wer gut sitzt, die Griffel spitzt. Bei soviel Druck kann einem das gute Stück schon mal abbrechen und in die falsche Spalte geraten."

Frau Oberbürgermeisterin:
„Da sagen Sie es selbst. Ein Fehler der Verwaltung."

Frau Weber:
„Ja, ja, das Stiefbauamt hat viele Brüder und Schwester. Aber umtauschen hätte man sie können."

Frau Oberbürgermeisterin:
„Bei dem Rücksendeporto hat sich das nicht gelohnt."

Frau Weber:
„Wieso, die Post schlägt doch erst nach der Wahl auf?"

Frau Oberbürgermeisterin:
„Die Dinger kamen aus China und sind verschifft worden."

Frau Weber:
„Jetzt verstehe ich, warum die schräge Augenwinkel haben."

Frau Oberbürgermeisterin:
„Alle Asiaten sehen schief aus. Das ist genetisch bedingt."

Frau Weber:
„Ja, aber wenn man sich auf diesen kleinen Klobrillen sein ganzes Leben lang rumdrücken muss, verkneifen sich die Augenwinkel automatisch. Weshalb hier auch so viele schräge Vögel herumlaufen."

Frau Oberbürgermeisterin:
„Weberin, jetzt ist aber gut! Schräg hin oder her. Damit wir die
nicht zurückschicken, haben die uns angeboten, eine Klobrille aus
Porzellan nachzuliefern. Kostenlos versteht sich."

Frau Weber:
„Ja, aber zwei sind gekommen."

Frau Oberbürgermeisterin:
„Das war der Rabatt für die Nachbestellung."

Frau Weber:
„So spart man also im Rathaus. Wer falsch bestellt, sich besser
stellt. Gibt es deshalb in Ihrer Etage so viele Bessergestellte?"

Frau Oberbürgermeisterin:
„Machen Sie sich lieber einen Reim darauf, was Sie der Presse ent-
gegnen wollen."

Frau Weber:
„Wenn's höher springt, es nicht mehr stinkt. Und steht das Pferd
erst auf dem Flur, folgt ihm das Volk auf seiner Spur."

Frau Oberbürgermeisterin:
„Weberin! Sind Sie noch bei Sinnen?"

Frau Weber:
„Sie haben doch gesagt, ich soll Reime drauf spinnen."

Frau Oberbürgermeisterin:
„Was soll das denn jetzt wieder bedeuten? Reden Sie endlich mal deutsch."

Frau Weber:
„Sie sind gut. Da wäre ich ja die einzige in der Bahnhofstraße, die man
verstehen könnte. Dort ist die Übervölkerung nicht zurückgegangen."

Frau Oberbürgermeisterin:
„Das ist auch gut so. Wenn viel eingekauft wird, sprudeln die Steuern."

Frau Weber:
„Dann sollten Sie überall Brunnen aufstellen. Am besten bestellen ihre Bessergestellten die auch in China. Bei der Rabattaktion könnten Sie soviel Steuern sparen, dass Sie hinterher die restlichen Toiletten renovieren könnten. Sonst ist die Verwaltung irgendwann so verkniffen, dass Ihnen die Augen aufgehen. Und außerdem: Kleinvieh macht auch Mist."

Frau Oberbürgermeisterin:
„Was ist das denn bitte für eine Strategie? Wollen Sie so etwa eine Wahl gewinnen?"

Frau Weber:
„Der Chinese sagt, bekämpfe den Gegner dort, wo er es nicht erwartet. Und ist die Brille noch so klein, kann doch ein Kleiner reiner sein. Doch sollte man's nicht übertreiben. Wer will darin schon stecken bleiben."

Frau Oberbürgermeisterin:
„Und hast du Augen auf der Stirn, sieht jeder gleich in dein Gehirn, Weberin."

Frau Weber:
„Drum sollten Sie auch sitzenbleiben, den Durchblick nicht zu übertreiben. Wer Augen hat, der sieht nicht weg, im Saarland spielt man gern im Dreck. Und wer erspielt ganz viele Klicker, gewinnt das Herz vieler Saarbricker."

Katzensprung

Zwei Personen: Frau Oberbürgermeisterin, Frau Weber, Pressesprecherin

Bühnenbild:
Büro der Oberbürgermeisterin, Tisch, 2 Stühle, Telefon

Requisiten: 2 Stühle, Tisch mit Akten, Telefon

Kostüme:

Frau Oberbürgermeisterin: Kostüm

Frau Weber: Bürokleidung

Dauer: 6-8 Minuten

Frau Oberbürgermeisterin sitzt am Bürotisch und wählt.

Frau Oberbürgermeisterin:
„Hier ist die Oberbürgermeisterin. Die Weberin soll umgehend in
mein Büro kommen.“

Frau Weber:
„Guten Morgen Frau Oberbürgermeisterin.“

Frau Oberbürgermeisterin:
„Guten Morgen Weberin. Als ich heute früh in mein Büro kam,
rief mich der Regionalverbandsdirektor an und hat sich bitter über
Sie beschwert.“

Frau Weber:
„Ach ja, so schwer bin ich doch gar nicht.“

Frau Oberbürgermeisterin:
„Was heißt hier, so schwer bin ich nicht. Wie viel Gewicht Sie haben, ist dem Regionalverbandsdirektor doch ganz egal!“

Frau Weber:
„Er hat aber gesagt, wir müssen alle alles in die Waagschale werfen,
um die nächste Wahl zu gewinnen. Da bin ich ihm halt in die Arme
gesprungen.“

Frau Oberbürgermeisterin:
„Um Gottes Willen, Weberin, was haben Sie gemacht? Sie sind
dem Regionalverbandsdirektor bei der Wahlveranstaltung in der
Kongresshalle in die Arme gesprungen?“

Frau Weber:
„Ja, was blieb mir denn anderes übrig? Seine Frau war nicht da.“

Frau Oberbürgermeisterin:
„Ja und? Das ist doch kein Grund, ihn öffentlich bloßzustellen?“

Frau Weber:
„Ja aber er hatte noch alle seine Kleider an. Bloß, bloß den Mantel
hatte er ausgezogen.“

Frau Oberbürgermeisterin:
„Was spielt denn das für eine Rolle, ob er seinen Mantel an hatte
oder nicht“

Frau Weber:
„Dann hätte er die Arme nicht so ausbreiten können.“

Frau Oberbürgermeisterin:
„Wie, die Arme ausbreiten? Seit wann breitet der Regionalverbandsdirektor seine Arme aus. Er ist doch kein Priester.“

Frau Weber:
„Sein Geist sollte über sein Volk kommen. Sehen Sie, die Blaskap-
pelle spielte *Warte, warte noch ein Weilchen, bald kommt auch das Glück
zu dir*, dann marschierte er auf die Bühne. Als das Volk dann sang
bringt vom Himmel dir ein Teilchen, hat er die Arme ausgebreitet wie
zum Segen.“

Frau Oberbürgermeisterin:
„Das war doch kein Segen, sondern ein Willkommensgruß.“

Frau Weber:
„Als er die Arme ausgebreitet hat, um sein Volk segnend zu begrü-
ßen, bin ich ihm in die Arme gesprungen, weil seine Frau nicht da
war, um ihm Stand zu geben.“

Frau Oberbürgermeisterin:
„Ja, spinnen Sie denn?“

Frau Weber:
„Ja wenn ich das gekonnt hätte, hätte ich ein Netz gesponnen, um ihn festzuhalten.“

Frau Oberbürgermeisterin:
„Was, ein Netz gesponnen. So ein Unsinn.“

Frau Weber:
„Ja, doch, ich bin ihm in die Arme gesprungen, damit er sein Gewicht halten konnte. Der hat doch wieder eine Diät gemacht. Einer musste doch dem ganzen Gewicht verleihen. Sonst fällt er am Ende noch um. Und da hab ich halt gedacht, machst es ihm ein bisschen schwerer.“

Frau Oberbürgermeisterin:
„Was glauben Sie denn, was seine Frau dazu gesagt hat? Am Ende entwickelt sich daraus noch eine Ehekrise. Und das mitten im Wahlkampf!“

Frau Weber:
„Das glaub ich nicht. Der redet doch schon seit Wochen nicht mehr mit ihr.“

Frau Oberbürgermeisterin:
„Wissen Sie etwas, was ich nicht weiß?“

Frau Weber:
„Er hat mir im Vertrauen erzählt, dass er mit seiner Frau nicht spricht, weil er sie nicht unterbrechen wollte. Bei ihrem Redefluss käme selbst die Saar ins Schwimmen.“

Frau Oberbürgermeisterin:
„Was, das muss einem doch gesagt werden. Am Ende bekommen wir Hochwasser und gewinnen die Wahl.“
Frau Weber:

„Wie sagt schon ein altes Sprichwort aus Angola: Das Krokodil ist
nur stark, wenn es im Wasser ist."

Frau Oberbürgermeisterin:
„In der Saar schwimmen keine Krokodile, Weberin."

Frau Weber:
„Bei soviel Oberwasser sind die auch alle an Land gegangen. Weshalb jetzt die Fische in der Saar feiern."

Frau Oberbürgermeisterin:
„Seit wann können Fische feiern?"

Frau Weber:
„Seit dem letzten Angelzug. Ist die Bevölkerung gesunken, verliert
das Land viele Halunken."

Frau Oberbürgermeisterin:
„So, ich sehe immer noch das Schwarze in der Mitte."

Frau Weber:
„Wenn es dunkel wird, ist es immer schwarz. Bei Nacht sind alle
Fratzen grau."

Frau Oberbürgermeisterin:
„Das heißt Katzen, Weberin, Katzen."

Frau Weber:
„Und ist die Katze noch so grau, so bleibt sie dennoch seine Frau."

Frau Oberbürgermeisterin:
„Was erlauben Sie sich denn?"

Frau Weber:
„Und ist die Frau ein kleiner Fratz, dann war der Wahlkampf für die Katz.“

Frau Oberbürgermeisterin:
„Weberin, das ist Insubordination, Sabotage. Vielleicht sind Sie hier am falschen Platz!“

Frau Weber:
„Ich bin noch nicht zu Ende mit dem Reimen. Und ist der Wahlkampf für die Katz, gibt seine Frau ihm einen Schmatz.“

Frau Oberbürgermeisterin:
„Der Wahlkampf ist doch keine erotische Veranstaltung, Weberin. Wir sind nicht in Amerika. Hier zählt der Inhalt, nicht das Auge!“

Frau Weber:
„Und ist der Schmatz so richtig fest, wünscht ihm das Wähleraug das Best’. Drum küsse stets, was dich verbindet, damit das Wählerherz dich findet.“

Ehepaar Hollischek

Das Ehepaar Hollischek wohnt in Wien und spricht mit Wiener Schmäh.

Wiener Oper

Zwei Personen: Elisabeth Hollischek, Herr Hollischek

Bühnenbild:
Küche, Tisch, 2 Stühle

Requisiten: 2 Stühle, Tisch, Kaffeegeschirr für 2 Personen, Kaffee-
kanne, Zuckerdose,Torte, Zeitung

Kostüme:

Herr Hollischek: Latzhose, kariertes Hemd

Frau Hollischek: Dirndl

Dauer: 6-8 Minuten

Elisabeth Hollischek hatte gerade die Linzer Torte aus dem Back-
ofen genommen, den Tisch mit Kaffeegeschirr gedeckt. Der Ehemann kommt herein und setzt sich an den Tisch. Sie stellt die Torte
auf den Tisch.

Ehefrau setzt sich hin und sagt stolz:
„Mogst vielleicht die Linzer Torten scho kosten?“

Ehemann liest in der Wiener Zeitung:
„Linzer Torten? A Weanerin backt a Sachertorten.“

Ehefrau ist genervt:
„Willst jetzt a Stickerl oder net?“

Ehemann grantelt:
„Dem Kaiser hättst des net hingstellt.“

Ehefrau verteidigend:
„Dem Franz net, aber dem Kaiser Maximilian I. Auf's Schloss hätt
i ihms bracht nach Linz. Der hätt sich ganz sicher gfreit.“

Ehemann verächtlich:
„Maximilian von Linz - *schüttelt den Kopf* - in welchem Jahrhundert
bist du eigentlich zhaus? Die Habsburger regiern scho long nimmer. Unser Kanzler haast Sebastian Kurz.“

Ehefrau nachtrauend:
„Jo, schad is scho. *schwärmt* Obwohl der Sebastian Kurz genauso
schneidig ausschaut wie der Franz woar.“

Ehemann gereizt:
„Jo kriag i jetzt a Stickerl von der Torten oder muss i vorher noch
an Frack anziehn?“

Ehefrau legt ein Stück Torte auf seinen und ihren Teller:
„Mogst auch an Kaffee?"

Ehemann beruhigt:
„Jo, Kuchen ohne Kaffee, wo gibst denn so was?. Host ach an Schlagobers?"

Ehefrau gießt Kaffee aus:
„Na, Sahne is ma ausganga."

Ehemann bissig:
„Du wärst besser ausganga als da Schlagobers."

Ehefrau widerspricht:
„Wie moanst denn dös jetzt?"

Ehemann gehässig:
„Du hättst besser vor dem Backen olls eingholt."

Ehefrau gelassen:
„Ach so. Na ja, i hobs net aufm Zettel drauf ghabt."

Beide beginnen Kuchen zu essen und Kaffee zu trinken. Die Ehefrau blättert im Weihnachtsprogramm der Wiener Oper.

Ehefrau begeistert:
„Du, die Wiener Oper hot an tolles Programm über die Weihnachtstog. Tschaikowskis Nussknackerballett, das Weihnachtsoratorium und die Zauberflöte. Bestimmt is wieder olls ausverkauft."

Ehemann referiert:
„Jo, des is guat fürs Gschäft. Do kuman die feinen Herrn mit die Damen und lossen sich durch Wien kutschieren. Dös gibt a scheenes Trinkgöld."

Ehefrau bestätigt:
„Fiaker müsst ma sein. *seufzt voller Sehnsucht* Wos meinst, solln wir auch in die Oper gehn?“

Ehemann entrüstet:
„Wos, du und i, in die Oper?“

Ehefrau schwärmt:
„Warum net? Do könnt i endlich wieder mein schickes Kleid und den Nerzmantel auftragen.“

Ehemann entgegnet schroff.
„Dös konnt’s auch ohne die Oper. Gehst mit dem oiden Mantel von der Tanta Ida halt in den Prater.“

Ehefrau verärgert:
„Oider Mantel? Wos kann i denn dafür, dass du mir keinen gscheiten Mantel schenkst?“

Ehemann verteidigend:
„Jo bin i vielleicht a Göldspucker oder an Fiaker?“

Ehefrau schwärmt wieder:
„Jo, jo, is scho recht, ober die Leit im Parkett, weißt, die schauen immer so feierlich aus.“

Herr Hollischek regt sich auf:
„Na servas, wann i die in der Kutschen sitzen hob, san di goar net feierlich. Do redens nur gschwollen doher. Und die so gonz nobel san, stehn am Würschtlstand, verdrücken die Debreciner und geben ka Trinkgöld.“

Ehefrau grittelt:
„So, so. Wann i mit dir im Fiaker sitzen tät, würds du dann a Trinkgöld gebn?“

Herr Hollischek stellt fest:
„I red von die noblen Herrn, net von am Fiaker!“

Ehefrau spitzfindig:
„So, so. San die Fiaker net nobel? Bist deshalb so grantig? Host vielleicht Angst, i würd di für an noblen Herrn holten?“

Ehemann etwas genervt:
„Wos, wos moanst dann domit? An Fiaker is wos Bsondres, der foart nur in Wean.“

Ehefrau räsoniert:
„A Kutscher is a Kutscher.“

Ehemann erregt.
„Wos haast, a Kutscher is a Kutscher? An Fiaker foart die holbe Wölt durch Wean, von der Oper zum Heurigen, vom Lusthaus zum Stephansdom. Oll Leit hob i schon durch Wean gfoarn. Do soll a Fiaker nix Besondres sein?“

Ehefrau erklärt:
„I hob net gsogt, dass du nix Besondres wärst.“

Ehemann besänftigt:
„So? Host net?“

Ehefrau wiederholt:
„Na, i hob gsogt, dass du an Kutscher bist.“

Ehemann empört:
„Jo, a Kutscher is a Kutscher, host gsogt. Als wenn i net nobel sein könnt. Wann i in die Oper mit dir gehn würd, tät i jedenfalls an Champagner trinken un net so an gzuckertes Wasser un außerdem tät i an Weaner Schnitzel bestölln anstatt am Würschtlstand umadum stehn un den Senf vom Finger schlecken.“

Ehefrau verschmitzt:
„An Fiaker geht also doch in die Oper, trinkt Champagner und isst Weaner Schnitzel?“

Ehemann bestätigt:
„Dös hob i gsogt.“

Ehefrau voll Freude:
„Hob i doch gwusst, dass'd nobel sein kannst, wennst willst. Dann bestöll i jetzt Karten für die Zauberflöte von Mozart und an Tisch im Restaurant Albertina.“

Ehemann grantelt wieder:
„Mozart, wieso denn Mozart? Bist a Weanerin oder a Salzburger Nockerl?“

Ehefrau entgegnet:
„Bist du an Fiaker oder an Kutscher?“

Ein nobler Herr

Zwei Personen: Elisabeth Hollischek, Herr Hollischek

Bühnenbild:
Küche, Tisch, 2 Stühle

Requisiten: 2 Stühle, Tisch, Zeitung, Adventsgesteck auf dem Tisch,Geldscheine, Geldbörse

Kostüme:

Herr Hollischek: Latzhose, kariertes Hemd

Frau Hollischek: Dirndl

Dauer: 6-8 Minuten

Herr Hollischek sitzt am Tisch und liest in der Zeitung. Ehefrau Elisabeth Hollischek kommt herbei geeilt, hat die Post in der Hand.

Frau Hollischek freudig erregt:
„Max, Max, stell dir vor, die Lissy kommt nach Wien, um uns zu besuchen.“

Herr Hollischek schaut auf:
„Die Lissy, na servas, dieses überkandidelte Plappermaul? Wenn die kommt, moch i drei Schichten.“

Frau Hollischek stutzt:
„Wieso, die Lissy ist wie die Tante Ida und die host doch gern ghobt.“

Herr Hollischek erklärt:
„Jo, die hott a net ununterbrochen daher gredt.“

Frau Hollischek beschwichtigend:
„Weist wos, i geh mit der Lissy bummeln, übern Weihnachtsmarkt und dann in a Kaffeehaus.“

Herr Hollischek beruhigt:
„Dös mochst. Donn hob i a mei Rua.“

Frau Hollischek spitzfindig:
„Du und dei Rua. Wenns net auf'm Bock sitzt, gehst eh zum Heurigen.“

Herr Hollischek regt sich auf:
„Wie moanst jetzt dös? I werd doch wohl nach am anstrengenden Tag a Glaserl Wein trinken dürfen.“

Frau Hollischek:
„Iss scho recht. Um dir dei Rua zu lassen, brauch i aber für den Bummel a Göld."

Herr Hollischek:
„A Göld. Na servas." *Er greift nach seinem Geldbeutel, nimmt zehn Euro heraus und legt ihn auf den Tisch.* „Do host a Göld."

Frau Hollischek verdutzt:
„Wie a Göld? Zehn Euro?"

Herr Hollischek:
„Dös langt für'n Kaffee mit Schlagobers."

Frau Hollischek:
„Für'n Kaffee mit am Schlagobers? Du mochst Scherze. I hob gsogt, dass i mit der Lissy bummeln geh oder willst, dass i mit ihr heimkomm?"

Herr Hollischek:
„Na gut, dann halt's Doppelte für a Stickerl Sachertorten." Nimmt einen weiteren Schein aus der Geldbörse und legt ihn auf den Tisch.

Frau Hollischek:
„Wos soll i mit zwanzig Euro. Glaubst vielleicht, dass i im Kaufhaus dafür irgendwas kriag?"

Herr Hollischek:
„Einen Schal wirst scho dafür kriagen."

Frau Hollischek empört:
„Wos, i soll mir einen Schal kaufen? Bist noch gscheit?"

Herr Hollischek:
„Nur weil die Lissy kommt, werd i net zum Göldpucker werden."

Frau Hollischek:
„Du und a Göldspucker. Des i net loch."

Herr Hollischek:
„Wie moanst jetzt dös? A Fiaker verdient a guat's Stickerl Göld. Deswegen muss du's noch long net zum Fenster raus werfen."

Frau Hollischek hänselt:
„Wenns meinst. Donn komm i mit der Lissy halt zum Heurigen. Bei deiner Zeche fällt dös net weiter auf."

Herr Hollischek verschreckt:
„Dös mochst net. Dann konn i nix mehr trinken."

Frau Hollischek bestimmt:
„I geh jedenfalls net mit zwanzig Euro bummeln. Wer an Nerzmantel trägt, brauch auch a Bargöld."

Herr Hollischek:
„Jetzt muss i lachen. Der olde Mantel von der Tante Ida iss doch schon ganz abgetragen. Da sieht ma schon's blanke Leder. Am besten, du ziehst ihn net an, sonst blamierst mich noch bei der Lissy."

Frau Hollischek:
„Blamieren? I hob aber keinen anderen Mantel als das Erbstück von der Tante Ida."

Herr Hollischek:
„Dann kaufst dir holt a neuen."

Frau Hollischek:
„Gut, dann geh i mir jetzt an vernünftigen Mantel kaufen. Dös kost
aber scho was.“

Herr Hollischek grummelt und greift wieder in den Geldbeutel. Er
legt dreihundert Euro auf den Tisch:
„Na servas, dös iss a teurer Besuch! So, dös wird ja jetzt wohl aus-
reichen. Es muss jo ka Nerzmantel net sein.“

Frau Hollischek lobt:
„Hob i doch gwusst, dass du großzügig sein kannst. Sonst wärst
auch kein Fiaker, die san nämlich alle nobel.“

Herr Hollischek fühlt ich geschmeichelt:
„Iss scho recht. Als Fiaker weiß ma eben, was sich ghört.“

Frau Hollischek:
„Dank dir schön, mein nobler Herr Fiaker.“ Sie küsst ihn auf die
Wange. „Die zwanzig Euro kannst behalten. Damit im Heurigen
an mi denkst.“

Schöne Bescherung

Zwei Personen: Elisabeth Hollischek, Herr Hollischek

2 Szenen

Bühnenbild:
Küche, Tisch, 2 Stühle

Requisiten: 2 Stühle, Tisch, Zeitung, Tannenbaum, elektrische Kerzen

Kostüme:

Herr Hollischek: Latzhose, kariertes Hemd

Frau Hollischek: Dirndl

Dauer: 6-8 Minuten

Samstag vor Heiligabend. Elisabeth Hollischek schmückt den Tannenbaum und räumt die überzähligen Glocken in die Schachteln zurück.

Sie knipst die elektrischen Kerzen an und sagt zu ihrem Mann, der neben dem Tannenbaum am Tisch sitzt und in der Zeitung liest:
"Na bravo, es brennt. Do follt mir grod ein. Liebling, mogst ma des Licht in der Diele vor Heiligabend austauschen? Es flimmert jetzt schon wochenlong, als wenn'd im Prater im Lusthaus sitzen tätst."

Er schaut sie an und sagt verständnislos:
"Mochst wohl Scherze? Unser Haus a Lusthaus? Des wüsst i ober. Dös Lichtertl is scho long aus. Ausgerechnet heut noch soll i das Birnchen austauschen? Des is doch das anzige, wos hier noch flimmert. Jo glaubst vielleicht, i bin dein Elektriker? Dös konnst gonz schnell vergessen."

Die Frau ist leicht pickiert und sagt:
"Jo, wennsd meinst. Dann soll's holt weiter flimmern, wenns bei dir nimmer brennt. Vielleicht schaut's jo von draußen wie a Lichterkett aus."

Sie geht an den Kühlschrank um das Abendessen vorzubereiten. Die Tür lässt sich nicht mehr fest verschließen. Sie sagt:
„Vaflixt, des hob i gonz vergessen. Die Tür schließt nimmer. Bittschön, mogst vielleicht die Kühlschranktür nachschauen. Sie geht nimmer gonz zu. Olls kühlt in der Küch aus. Man könnt meinen, wir würden in am Leichenhaus wohnen, so kolt wie dös is."

Der Ehemann blickt etwas genervt aus der Zeitung auf und sagt:
„Wos, wos host du grod gsogt? Unser Küch wär so kolt wie a Leichenhaus? Moanst du vielleicht den Weaner Friedhof. Do schpühn's wenigstens noch a Wolzer om Grob von Johann Strauß. I soll dir jetzt die Kühlschranktür in Ordnung bringen gonz ohne a

Musi? Jo glaubst du, i bin a Handwerker? Dös konnst gonz schnell vergessen."

Die Frau wird langsam ärgerlich.
„So, des mochst ma a net mochen! Jo vielleicht is das zu schwierig für a Fiaker. Der braucht a nur die Peitschen schwingen statt selber laufen. Es gäb noch wos zum Tun. Vielleicht konnst ma dobei hölfen. Guck dir unsere Holztreppe im Stiegenhaus o. Stell dir vor, des wär Schloss Schönbrunn und unsere Kaiserin Sissi tät Hof holten om Stephanstog, da würden's jo oll Leit drum herum stolpern anstatt Wolzer tonzen."

Der Ehemann ist nun sichtlich genervt und poltert: weiter
„Ha, an Schloss! Und donn a noch Schloss Schönbrunn! Du wollst doch schon immer hoch hinaus. Weißt wos, bei dir tät's noch net amal für a Hofdame reichen. Und jetzt meinst, i soll vor Weihnachten noch den Hammer schwingen und oll's, wos di im gonzen Johr net gstört hot, in Ordnung bringen? Jo krutzifix, bin i a Schlosser, Elektriker, Zimmermonn oder an Fiaker? Mir reicht's jetzt. I geh zum Heurigen am Grinzinger Weinsteig. Do gnehmig i mir a poa Viertel auf den Schreck. Vielleicht find's jo an Dummen, der des olls noch vor Weihnachten mocht. I jedenfolls net."

Geht von der Bühne ab. Vorhang.

2. Szene

Am nächsten Morgen sitzt Elisabeth Hollischek summend am
Kaffeetisch in der Küche und liest in der Zeitung. Der noch betrunkene Ehemann kommt herein und hat ein schlechtes Gewis-
sen:
"Mein olles Sissilein, Liebling, wer hot des denn olls gmacht? Das
Lusthaus beleuchtet, Wolzer von Strauß aufgelegt und den Auf-
gang zum Schloss grett?"

Die Ehefrau dreht sich um und sagt:
„Jo, wos hätt i denn mochen soll'n, wann's du nur granteln kannst
und ins Wirtshaus läufst? I hob den Nerzmantel von der Tante Ida
übergworfen und bin an Fiakerplatz am Stephansdom glaufa.
Deine Kollegen hobn mi gonz verdutzt ogschaut. Do hob i laut
gschrien: Hülfe, Hülfe! Die Donaumonarchie geht unter.“

Der Ehemann fällt erschrocken in den Stuhl:
„Jo bist du denn noch gscheit! Wos host gmocht? Bei di Kollegen
bist glaufa und hast um Hülfe geschrien?“

Ehefrau:
„Gnau, des hob i gmacht. Und weißt, do kummt a ungarischer Rittmeister, a gonz junger, weißt. Der hot mi ogschaut und gfrogt,
wieso denn die Donaumonarchie untergehn würd und wos i für a
Hülfe braucht. I hob erzählt, wos olls schief läuft bei uns, weil du
net imstand bist, mir zu hölfen. Mein Gspusi würd lieber beim
Heurigen sitzen und a Wein trinken. Wos meinst, hot der do
gsogt?“

Ehemann:
„Wos, wos soll der scho gsogt hobn, wie der di gsehn hot in dem
oiden Nerzmantel? Woascheinlich, dass du die Kurvn kratzen
sollst! Und außerdem, wos geht des überhaupt d'Leut an, wann i
beim Heurigen sitz. Des is jo nedlich, so wos!“

Ehefrau:

„Jo, wenn's meinst. Jedenfalls hot mir der Rittmeister angeboten zu hölfen. Aus oita Verbundenheit zu meiner Namensvetterin der ungarischen Königin Sissi!"

Ehemann:

„Jo so a Strizzi! Noch so a deppata Sissianhänger. Am besten mochst a Club der enterbten Monarchisten auf. Hot der vielleicht a noch a Uniform oghobt, der Gspinnerte?"

Ehefrau:

„Na, des net grod. Aber fesch woar a scho. Jedenfalls wollt er mir hölfen."

Ehemann:

„So, hölfen wollte a. Wos hot a denn gsogt, wos des kosten soll?"

Ehefrau:

„Er hot gsogt, er tät olls wieder in Ordnung bringen. Des Anzige, wos i mochn müsst, wär entweder mit ihm das Lusthaus wieder zu beleben oder ihm a fürstliche Sachertorten zu Weihnachten zu backen."

Ehemann:

„So, so, es sind auch schon Kaiser gstorbn. Is noch a Stickerl von der Torten übrig?"

Ehefrau:

„ Jo glaubst vielleicht, i bin die königliche Hofbäckerei?"

Das große Vorbild

Zwei Personen: Elisabeth Hollischek, Herr Hollischek

Bühnenbild:
Küche, Tisch, 2 Stühle

Requisiten: 2 Stühle, Tisch, Zeitung, Adventsgesteck Briefe, Weiß-
wein, 1 Glas

Kostüme:

Herr Hollischek: Latzhose, kariertes Hemd

Frau Hollischek: Dirndl

Dauer: 6-8 Minuten

Elisabeth Hollischek sitzt am Tisch und liest in der Zeitung. Herr Hollischek kommt herbei geeilt, hat die Post in der Hand. Er öffnet einen Brief.

Herr Hollischek:
„So wos, die Stadt Wien schreibt mir einen Brief." *nimmt ein Schreiben heraus*

Frau Hollischek.
„Wos, der Stadtvater? Host was angstellt? Host die Poback-Schürz für die Pferdeäpfel nicht angmacht?"

Herr Hollischek:
„Wos redst dann do? Bei mir iss olls vorbildlich. Do gibt's ka Schmuh!"

Frau Hollischek:
„Jo, wennst meinst. Du bist das große Vorbild von Wien. Wos schreibt a denn, der Herr Bürgermeister?"

Herr Hollischek:
„Sehr verehrter Herr Hollischek. Die Stadt Wien möchte Ihnen für Ihren vorbildlichen Einsatz danken. Wir alle wissen, dass die Beförderung der Gäste für Stadt Wien von großer Bedeutung ist. Damit dies auch so bleiben kann, bitten wir Sie, in der laufenden Saison darauf zu achten, dass die Gäste genug Abstand zueinander halten. Wir möchten nicht, dass in Wien eine Infektionswelle anrollt wie in Ischgl. Schicken Sie uns deshalb Ihre Hygienekonzeption zur Genehmigung zu."

Frau Hollischek:
„Na servas, dös kann ja heiter werden."

Herr Hollischek:
„Heiter? Dös is ja, dös is ja so ein Blödsinn! Abstand, in a
Kutschn? Sans die jetzt olle verrückt gworden? Außer dem Fut-
termittelpaket hot kaana dös gonze Johr wos gsogt und sich ge-
kümmert, goa nix is von dena kummen und jetzt soll i vier Wochen vor Weihnachten a Hygienekonzept vorlegen? I glaubs ja
net.“

Herr Hollischek greift sich vor lauter Aufregung ans Herz und
keucht laut.

Frau Hollischek besorgt:
„Wos regst di dann so auf? Komm, hock die nieder, i bring dir an
Viertele.“

Frau Hollischek geht kurz von der Bühne und holt eine Weinfla-
sche mit Glas. Sie stellt alles auf den Tisch und gießt das Glas ein.

Herr Hollischek setzt sich hin.
„Wos soll ma sich do net aufregen. Der Ausfall im Frühjahr und
über Sommer hot gnug gekostet. Jetzt machen die mir das ganze
Weihnachtsgschäft kaputt! Diese depperten Verwaltungsbeam-
ten!“

Frau Hollischek:
„Do, trink a Schluck auf den Schrecken.“

Herr Hollischek trinkt das Glas auf einmal aus und stellt es wieder hin:
„Konnst ma noch a Schluck einschenken? I bin erledigt.“

Frau Hollischek gießt nach:
„Weißt wos, du gehst jetzt zur Stadtverwaltung und erklärst denen, dass dös net geht. Ihr tragts ja eh schon alle Masken!“

Herr Hollischek trinkt das Glas wieder aus:
„War dös vielleicht der Krampus des Wiener Nikolo? Wanns mit
der Bim foan, sogt koana wos. Do reicht a Maske aus."

Frau Hollischek:
„Der Krampus soll sich das ausgedacht haben? Dann hättst jo
wos angstellt?"

Herr Hollischek:
„Wie, was soll i angstellt haben. I bin dös Vorbild für alle jungen
Fiaker. Bei mir läuft olls nach Vorschrift."

Frau Hollischek süffisant:
„So, so. Und wos ist mit dem Trinkgöld? Tust dös deklarieren?"

Herr Hollischek:
„Deklarieren? I zahl gnug Steuern. Außerdem ist dös auch für
dich an Toschengöld."

Frau Hollischek:
„Für mi? Seid wann kriag i von dir Taschengöld vom Trinkgöld
ab?"

Herr Hollischek:
„Seit dem i di als Reinigungskraft für die Kutschen angeb."

Frau Hollischek:
„So, so. Seit wann mochst das denn schon so?"

Herr Hollischek:
„Seitdem dös Trinkgöld zum Einkommen dazu ghört."

Frau Hollischek:
„Kein Wunder, dass der Nikolo nicht gut auf dich zu sprechen
ist. I wüsst, wie du dös wieder gutmachen konnst?"

Herr Hollischek:
„So, wie soll dös gehen?"

Frau Hollischek:
„Ja, i kriag a schöne Nachzahlung und die Stadt zieht die Aufla-
gen wieder zruck."

Herr Hollidchek:
„Du glaubst wohl tatsächlich an den Weihnachtsmann. An Ver-
such wärs ja wert. I geb dir a Nachzahlung seit der Coronakrise."

Frau Hollischek.
„Wos, da kommt nix bei raus. Do musst scho tiefer in die To-
schen greifen. Denk dran, der Nikolo sieht und hört olls."

Herr Hollischek:
„Na gut, i geb dir fünfhundert Euro als Pauschale fürs Erste."

Frau Hollischek:
„Und dann jeden ersten die Hölfte vom Trinkgöld?"

Herr Hollischek:
„A viertel täts auch."

Frau Hollischek:
„Also gut, a viertel, mindestens aber fünfzig Euro im Monat. Dös
könnt den Nikolo und den Krampus umstimmen und du
brauchst ka Hygienekonzept."

Herr Hollischek:
„Wers glaubt, wird selig. Wenns Finanzamt frogt, must du aber
bestätigen, dass du meine Reinigungskraft bist. Sonst muss I
nachzohlen."

Frau Hollischek:
„Welche Ehefrau ist dös net?“
Es klingelt.

Herr Hollischek:
„Jo, wer is dös denn jetzt? I geh scho.“
Herr Hollischek geht kurz von der Bühne und kommt mit einem Brief zurück.

Frau Hollischek:
 „Wos ist denn das jetzt für an Brief?“

Herr Hollischek:
„Dös war an Einschreiben. *öffnet den Brief und entnimmt das Schreiben*

Frau Hollischek:
„Dann lies mal vor.“

Herr Hollischek:
„Sehr geehrter Herr Hollischek. Wir informieren Sie darüber, dass die letzte Post von uns ein Irrtum war. Die Aufforderung zur Vorlegung eines Hygienekonzepts war nicht an die Fiaker adressiert. Das war das Schreiben an die Öffis, also Bus, Bahn und Bims im April. Unser automatischer Serienbrief hat eine falsche Vorlage bzw. Adresse gezogen. Wir bedauern, Ihnen Umstände gemacht zu haben und senden Ihnen stattdessen den Brief vom Wiener Nikolaus mit den besten Grüßen für Ihr vorbildliches Verhalten gegenüber Ihrer Stadt und Ihrer Familie. Wir wünschen Ihnen ein gutes Weihnachtsgeschäft. PS: Der Termin zur Abgabe der Steuererklärung für 2020 wird aufgrund der Coronakrise um vier Monate verlängert. Ihre Stadtverwaltung Wien.

Frau Hollischek:
„Na, glaubst jetzt vielleicht an den Nikolaus?“

Senioren

Seemannsgarn

Drei Personen: Hilda, Lilo, Klabautermann

2 Szenen

Bühnenbild:
Maritime Dekoration

Requisiten: Haarbüschel

Kostüme:

Hilda: Urlaubskleidung

Lilo: Urlaubskleidung

Klabautermann: Seemannskleidung

Dauer: 6-8 Minuten

1. Szene

Aus dem Dunkel tritt der Klabautermann auf die Bühne:
„Meine Damen und Herren, ich bin der Klabautermann, der Schiffsgeist, der nach der Seefahrt alles wieder aufräumt und ins rechte Licht rückt. Ich muss nach einer Schiffsreise soviel Seemannsgarn aufrollen, dass ich mir davon neue Netze stricken könnte."

Es klopft

Klabautermann:
„Jetzt muss ich mich verstecken. Die letzten Gäste der AIDA kommen, Traumschiff lässt grüßen."

Der Klabautermann tritt in den Hintergrund und hört zu.

2. Szene

Zwei Damen mit großem Hut und in Urlaubskleidung und Handtasche kommen herein und setzen sich auf die Stühle.

Lilo:
„Weißt du noch, als wir mit der Aida auf Kreuzfahrt waren?"

Hilda:
„ Ja, ja, das war vielleicht ein Traumschiff, eine einzige Traumreise, diese Sause!"

Lilo:
„Du hast ja ganz schön geträumt."

Hilda:
„Du aber auch."

Lilo:
„Wir waren zwei richtige Meerjungfrauen. Nur mit dem Verschäu-
men hat es nicht geklappt."

Hilda:
„Aber in Auflösung waren wir des Öfteren."

Beide kichern.

Lilo:
„Erinnerst du dich noch an den ersten Offizier. Wie der dir eine
Seite gepfiffen hat. Der war vielleicht Aufsehen erregend. Die Da-
men vom Kegelclub waren ganz aus dem Häuschen."

Hilda:
„Der war ganz schön schneidig, kann ich dir sagen. Ich hab mit
ihm in den hellsten Tönen gesungen."

Beide singen zusammen.
„Fahr mich in die Ferne mein blonder Matrose,
schau mich nicht so an ohne Hemd, ohne Hose.
Wir gehören zusammen, wie das Bier und der Korn,
wir schippern zusammen übers Meer bis Kap Horn,
wir schippern zusammen übers Meer bis Kap Horn."

Hilda:
„Du hattest ja mehr für den Smutje übrig."

Lilo:
„So ein Schiffskoch kennt ganz besondere Menues. Nicht immer
nur Leipziger Allerlei. Die Gerichte hatten eine ganz besondere

Würze. Und erst der Nachtisch! Was glaubst du, wie viel Desserts
wir danach ausgelöffelt haben?"

Ich will nur noch Schokolade,
ich will einen Koch als Mann.
ich will einen der gut kochen
und das Würzen richtig kann.

Hilda:
„Ich will es gar nicht wissen, sonst werde ich auch noch eifersüchtig."

Lilo:
„Eine Kostverächterin warst du aber auch nicht. Denk mal an den
Kapitän. Du warst ständig an seiner rechten Seite beim Käpt'ns
Dinner. Und den Ball der Herzen hat er auch mit dir eröffnet."

Hilda:
„Der konnte Walzer tanzen, da ist mir ständig schwindlig geworden."

Lilo:
„Bist du deshalb in Ohnmacht gefallen?"

Hilda:
„Ich musste ihm doch einen Grund geben, mich in meine Kabine
zu tragen."

Lilo:
„Und danach hat er dich auf Händen getragen. Sag mal, hat er dich
geentert oder bloß gerettet?"

Hilda:
„Der Kapitän ist ein wahrer Pirat, immer auf Eroberung aus, die
ganze Nacht."
Beide singen zusammen:

Alle die mit uns auf Kaperfahrt fahren
müssen Tänzer mit Drehschwung sein.
Einmal links und einmal rechts,
da wird man schwindlig, da wird man schwindlig,
einmal rechts und einmal links,
Dreivierteltakt schwindlig macht, ja da bringt's.

Lilo:
„So, so, deshalb hattet du am nächsten Morgen eine Binde um den
Kopf und ein rotes Halstuch an."

Hilda:
„Erinnerungen muss man pflegen, sonst laufen sie einem davon.
Dafür hat dir der Steuermann gezeigt, wo's hingeht."

Lilo:
„Sein Kompass stand immer auf Fahrt. Er war so unerschrocken."

In diesem Moment taucht der Klabautermann aus dem Hintergrund auf.

Klabautermann:
„So, so meine Damen. So viel Seemannsgarn sollte man nicht auf
einmal spinnen. Ich bin der Schiffsgeist und weiß die ganze Wahrheit."

*Beide erschrecken und halten sich die Hüte vor das Gesicht. Die Haare haben
graue Büschel. Der Klabautermann geht um die beiden herum und bleibt hinter
ihnen stehen.*

Klabautermann:
„Wissen Sie, was mit Leuten geschieht, die laut vor ich her träumen? Immer wenn sie schwindeln, wird ein Haarbüschel nach dem
anderen grau."

Klabautermann:
„Wenn sie aber erkennen, dass sie nur geträumt haben, bekommen sie die alte Haarfarbe wieder zurück. Also, wie war das mit dem ersten Offizier? Ist er tatsächlich mit Ihnen bis Kap Horn geschippert?"

Hilda stottert:
„Wir, wir haben gar nicht abgelegt. Ich bin in Norderney geblieben und hab dem Schiff hinterher gewunken."

Klabautermann:
„Norderney, Norderney, das macht einen Büschel frei."
reißt ihr einen grauen Haarbüschel vom Kopf.

Klabautermann:
„Und Sie, wie war das noch mit dem Nachtisch?"

Lilo:
„Na-Na-Nachtisch. So weit sind wir doch gar nicht gekommen. Da standen so viele am Büffet herum, dass ich mich nicht entscheiden konnte, zu viele Köche verderben eben den Brei."

Klabautermann:
„Verdorbener Brei, das macht einen Büschel frei."
reißt ihr einen grauen Haarbüschel vom Kopf.

Klabautermann:
„Und wie war das noch mit der Kaperfahrt?"

Hilda:
„Ja, das war so. Wir haben zwei Tische weit weg vom Kapitän gedinnert. Da hatte ich immer den Blick auf seine rechte Seite. Er aß immer zuerst ein Ei zum Frühstück."

Klabautermann:
„Ein Ei, ein Ei, das macht einen Büschel frei."
reißt ihr einen grauen Haarbüschel vom Kopf.

Klabautermann:
„Und wie war das mit der Segeltour?"

Lilo:
„Ach, nur Mast- und Schotbruch. Wir sind gar nicht ausgelaufen.
ich stand nur am Kai."

Klabautermann:
„Am Kai, am Kai, das macht einen Büschel frei."
reißt ihr einen grauen Haarbüschel vom Kopf.

Sie sehen wieder in den Spiegel, fahren sich durch die Haare und lachen.

Hilda:
„Sieh mal, sieh mal, die grauen Haare sind weg."

Lilo:
„Bei mir auch."

Klabautermann:
„Sehen Sie meine Damen, alles Schöne kommt aus dem Spiegel,
das Wahre liegt ohnehin immer im Auge des Betrachters."

Hilda:
„Stimmt, so schrecklich waren die grauen Haare nun auch nicht.
Da weiß man doch wenigstens, warum man grau geworden ist."

Lilo:
„Und grau werden wir alle irgendwann. Da muss man doch für
jeden Büschel dankbar sein."

Dritter Frühling

Zwei Personen: älteres Brautpaar Peter und Anna, Apotheker

2 Szenen

Bühnenbild:
Theke einer Apotheke

Requisiten: Thekenaufbau, Apothekerzeitung, Medikamenten-
schachteln

Kostüme:

Peter: Hose, kariertes Hemd

Anna: Kostüm

Apotheker: weiße Schürze

Dauer: 6-8 Minuten

Anna, 87 und Peter, 93, entscheiden sich zu heiraten. Um die Vorsorgemöglichkeiten abzuklären gehen sie in eine Apotheke.

Peter:
„Guten Tag. Wir haben ein ganz persönliches Anliegen und möchten gerne den Inhaber sprechen."

Apotheker:
„Da sind Sie genau richtig, das bin ich nämlich selbst".

Anna
„Wissen Sie, wir wollen heiraten und haben ein paar Fragen zur Prävention in unserem Alter."

Apotheker:
„So, da beglückwünsche ich Sie zum dritten Frühling. Dieses Glück ist ja nicht jedem hold."

Peter:
„Wir haben auch lange überlegt, ob wir das noch tun sollen. Aber dann haben wir uns für die Liebe entschieden, gewissermaßen solange das Herz noch schlägt, verstehen Sie? Haben Sie denn Herzmittel?"

Apotheker:
„Was für eine Frage. Für das schlagende Herz haben wir alles hier. Unsere ganze Apotheke ist sozusagen ein einziger Herzschrittmacher. Bei manchen Mitteln benötigen wir allerdings ein Rezept. Die Naturheilmittel sind frei verfügbar."

Peter:
„Gibt es ihre Schrittmacher-Medizin auch für den Kreislauf und gegen Bluthochdruck?"

Apotheker:
„Da gibt es eine große Auswahl".

Anna:
„Wie sieht das bei rheumatischen Erkrankungen aus, Schmerzmittel und Salben für die Knochen und Gelenke?"

Apotheker:
„Das kommt auf die Grunderkrankung an. Aber dafür haben wir sicher auch etwas Wirksames für Ihre Beschwerden. "

Peter:
„Im Vertrauen, wir sind ja nicht mehr ganz so jung und brauchen hin und wieder etwas Unterstützung. Führen Sie Viagra?"

Apotheker:
„Natürlich! Das ist heute gar kein Problem mehr. Heute kann jeder die Freuden des dritten Frühlings ausgiebig genießen. Liebeslust vor Altersfrust, sozusagen, kleiner Scherz am Rande. Übrigens haben wir etwas für ihn und für Sie."

Anna:
„Das ist ja erfreulich, dass die ältere Frau nicht vergessen wird."

Peter:
„Apropos Vergessen. Wir sind manchmal tatsächlich etwas vergesslich und zittrig. Sind Sie bei Gedächtnisproblemen mit Abhilfe ausgerüstet?"

Apotheker:
„Ja, da gibt es wirksame Mittel zur Vorbeugung. Sie könnten aber auch zur Gedächtnisschulung Kurse bei der Akademie für Ältere belegen."

Anna:
„Das ist jetzt etwas peinlich. Haben Sie auch Inkontinenzeinlagen? Wissen Sie, manchmal sind wir nicht ganz dicht."

Apotheker:
„Das muss Ihnen nicht peinlich sein, ich bitte Sie. Wir sind bestens dafür ausgerichtet. Wir können Ihnen aber auch zusätzlich Kurse zur Beckenbodengymnastik an der Volkshochschule vermitteln. Allerdings sollten Sie die Kurse getrennt belegen. Die Ansprache für Mann und Frau ist anatomisch bedingt doch etwas unterschiedlich."

Peter:
„Wie groß ist die Auswahl bei Rollatoren und anderen Gehhilfen?"

Apotheker:
„Wir haben alle Modelle und Größen parat!"

Anna:
„Ja und für den Alltagsgebrauch zur Stärkung Zusatzvitamine und Mineralstoffe?"

Apotheker:
„Nahrungsergänzungsmittel gibt es in Hülle und Fülle, in allen Packungsgrößen und für jeden Geldbeutel."

Peter zu Anna:
„Na, Anna, ich glaube, wir haben die richtige Apotheke für unsere Hochzeits-Geschenkeliste gefunden."

Freunde und Bekannte

Pechvögel

Zwei Personen: Egon, Otmar

Bühnenbild:
Wartebank

Requisiten: Wartebank

Kostüme:

Egon: weißes langes Hemd

Otmar: schwarzes langes Hemd

Dauer: 4-6 Minuten

Hintergrundmusik: „Halleluja" aus „Messias" von Georg Friedrich Händel

Egon ist an einem Herzanfall gestorben. Im Himmel angekommen trifft er auf Otmar. Otmar sitzt im schwarzen Hemd an einem Tisch und liest in der Bibel. Egon kommt herein gestürzt, mit einem weißen Hemd bekleidet.

Egon:
„Nanu, Wo bin ich hier?“

Otmar:
„Ach, ein neuer. Du bist der erste für heute. Kommst du auch noch in die Hölle?“

Egon:
„Der erste für heute? Wie meinen Sie das?“

Otmar:
„Der erste, der heute im Himmel ankommt und dort bleiben kann. Wissen Sie, ich muss noch ein paar Wochen in der Hölle schmoren. Weil es dort so voll ist, sitze ich hier auf der Wartebank.“

Egon:
„Ja, ich komme direkt von der Erde.“

Otmar:
„Du bist aber noch jung. Was hast du denn gehabt?“

Egon:
„Plötzlicher Herztod.“

Otmar:
„Schön, ich bin der Otmar aus Burbach und wie heißt du?“

Egon:
„Na Egon, auch aus Burbach.“

Otmar:

„Dann auf eine himmlische Zeit, Egon. Wir Burbacher müssen doch zusammen halten. *Geben sich die Hand.* Du warst sicher sehr tugendhaft, dass dich die Erzengel direkt in den Himmel geschickt haben."

Egon:

„Na ja, ich habe mich bemüht, die zehn Gebote einzuhalten."

Otmar:

„Ich auch, nur manchmal ist es mir etwas schwergefallen."

Egon:

„Hauptsache, du kommst aus der Hölle wieder zurück. Alt bist du auch nicht gerade geworden. An was bist du denn gestorben?"

Otmar:

„Ich bin erfroren."

Egon:

„Wie erfroren? Bist du ein Pechvogel oder warst du vielleicht in Grönland tauchen und bist verunglückt?"

Otmar:

„Untergetaucht ist das richtigere Wort, ich musste untertauchen. Aber sag mal Egon, wieso hast du in deinem Alter einen Herzinfarkt bekommen? Warst du krank?"

Egon:

„Wie gesagt, ich halte mich an die zehn Gebote. Heute Morgen rief mich mein Vorarbeiter an und sagte, dass meine Frau in meiner Abwesenheit sich mit einem anderen vergnügen würde. Da hab ich mir sofort frei genommen und bin mit der Saarbahn nach Hause gerast."

Otmar:

„Ernsthaft, mit der Saarbahn, - gerast? Ich hätte mir eine Taxe genommen. Wo wohnst du denn? "

Egon:

„Das wäre nicht umweltfreundlich gewesen. Meine Tochter ist seit der Greta-Aktionen eine Klimaaktivistin geworden. Unser Haus steht in der Kirchenstraße. Also, ich komm nach Hause, den Rest des Weges bin ich übrigens gerannt und fange an zu suchen. Überall. Wohnzimmer, Küche, Bad und dann im Schlafzimmer. Da lagen nur noch die Kleider dieses Liebhabers herum und meine Frau im Négligé. Mir ist so schlecht geworden, dass Herz wie verrückt geschlagen hat und ich umgefallen bin, Herzinfarkt, tot."

Otmar:

„Ach herrjeh, Kirchenstraße? Dann sind wir wohl beide Pechvögel. Weißt du, hättet du im Keller nachgesehen, könnten wir beide noch leben. Ich bin in deiner Tiefkühltruhe erfroren."

Uff da Pirsch (Moselfränkisch)

Zwei Personen: Jäger, Bekannter

Bühnenbild:
Hintergrundbild Wald

Requisiten: Jagdgewehr

Kostüme:

Jäger: Jägertracht

Bekannter: Jeans, Hemd, Hut

Hintergrundmusik: Jägerchor aus „Der Freischütz" von Carl Maria von Weber

Dauer: 6-8 Minuten

Beide treffen sich zufällig im Wald.

Jäger:
„Hascht de schunn geheat, datt da Otto widda uff de Pirsch gett? Jetzt kräät a de Bux nimme schnell genuch zou um furtsekummen.“

Bekannter:
„Jo? Weas glaawt gift seelisch. Mia hat it Rehlein vazeelt, datt käämt von da Biebelschesbohnesupp. Dò gääft dea wii än Scheinendrescha rinschaufeln bis a bumsfertisch wea. Dò käämt dea Voabau hea.“

Jäger:
„Ach nä, un mia vazeelt a, ea hätt kään Lunte geroch. De Schnepfen wären schunn uff em Strich. Deswejen misst ea jetzt in fremden Revieren wildan. Ea hätt nua noch äns im Kòpp: Auf, auf, zum fröhlichen Jagen, Waidmannsheil.“

Bekannter:
„Schwätz kään Blech! Dea un wildan. Bis dea on gestiwwelt kummt, sin die Rehcha all uff em Dach, so än Tròònfunzel wie dea iss. Watt menschde dònn, warum it Rehlein uff Deiwel kumm raus de Flunsch so hänken lisst un nix se reißen un se beißen hat?“

Jäger:
„Jo? Is datt so än Dollbohrer? Robbt dea vielleicht Bääm aus, wo gar känn sinn?“

Bekannter:
„Jo, jo, hätt da Hund nitt geschiss, hätt a dii Häsja vielleicht kritt.“

Jäger:
„Gischta is a awa mett seinem Floppard em Doolewutz no gelaaf.
Fascht bis voa sein Hausdia, macht der so än Affäär! Dabei hott
datt Wutz awa än Äärsch wii än Brauereigaul. Iss jo ach kään
Wunna. Wenn mea Aue rinn wie raus louen, gift it hekscht Zeit,
dass a aach moll än Schuss abgift.2

Bekannter:
„Jo? Nitt datt ma driwwa schwätzt, awa menschte vielleicht, datt än
Bordsteinschwalw onnascht flejt als dii Atzele dahämm. Piepse duun
se doch all. Nua datt dii än mea Geschiss macht als dii anna.“

Jäger:
„Awei hea awa uff. Jetzt hònn aich de Plon von dia em Sack.
Eascht so machen, als kinnscht de kään Wässerchen triewen und
dònn vom Ledda zejn! Dia meecht aich nitt int Revia geen.“

Bekannter:
„Aweilen gett`s awa loss. Willscht dau maich vadummbeideln, dau
Fòòtsnickel dau. Von watt schwätscht dau iwahaupt?“

Jäger:
„Ei wenn doch die Britsch vom Wutz mea heagifft als än gonz
Häsjen, wären de Spatzen bei dia doch aach schnell gefòng?
Muscht jo nitt fo jeden Fuchs än Luda hònn!“

Bekannter:
„Also datt lò iss doch än dicka Hund. It Rehlein is doch kään Luda.
Ach wenn die Britsch nitt so ausladend is wie dem sein Voabau.“

Jäger:
„Moment moll, muscht nitt gleich beleidigend ginn. Dii Britsch is
jedenfalls greeßa als dem sein Voabau. Dò passt jo noch nitt moll
än Frischling rin.“

Bekannter:

„Dau bischt ma jo än richtisch bucklisch Vawondschaft! Wie kònnscht dau so von a niedlichen kläänen Bloum schwätzen? Dau Dummpraddla, dau.“

Jäger:

„Bloum? Wea hatt dònn von da Bloum geschwätzt? Mia schießen doch kään Häsja, wenn de Wildsau òm blòòsen is?“

Bekannter:

„Also dò gifft doch da Hund in da Pònn varrickt. Jetzt gifft dò ach noch äna geblòòs. In welchem Paradies bischt dau dònn dahämm? Vielleicht in dem von Buabach?“

Jäger:

„Wenn mein Revia än Paradies wea, kinnten dii Rehrücken bròòden, da Otto breicht kään Horrido me se roufen und aich kään Halali se blòòsen. Die gonz Meute kinnten mia uus spaaren, allen voran die Vorstehahinn.“

Bekannter:

„Jo gäft der moll mem Schwonz wedeln! Awa nix is. Datt is än Hirsch ohne Hörna, än Plattschuss, än Blindgänga; so krejn die nii än Balg.“

Jäger:

„Ei wat gäfscht dau dònn machen, wenn uff da äänen Seit än gonz Rott voabeitreiwt un newendròòn än durr Geiß springt?
Bekannter: Jo is it vielleicht em Rehlein sein Schuld, wenn it nix se reißen un se beißen gifft?“

Jäger:

„Nä, ma kinnt awa wenischtens än Fährt lejen, damit dii gonz Hatz nit umsunscht wea.“

Bekannter:
„Jo? Menschte vielleicht, dass da Otto em dònn uff de Leim gehen däät?"

Jäger:
„Da Otto, wea schwätzt dònn vom Otto. Dea doch nitt. Awa da Platzhirsch. Dea is kään Mönch."

Bekannter:
„Un wea is da Platzhirsch?"

Jäger:
„Guck maich moll oon. Aich kinnt it da jo sòòn. Aich hònn noch jed Kuh kritt."

Bekannter:
„Awa da Otto is doch än Kamarad, än Freind! Dem sitzt ma doch kään Hörna uff."

Jäger:
„Dii sitzt ma sich ach nit uff, die hängt ma òn de Wònd."

Bekannter:
„Ach du liewa Gott. Om Änn gääfscht it ach noch ausstoppen."

Jäger:
„Ei watt soll it dann sunscht òn da Wònd machen? Bessa än Troffää òn da Wònd als än Wolf em Gaaten. Wat glaawscht de dònn, gääft dea mett so em Ricken machen? Bestimmt kään lòng Zicken. Dò kinnt dein Rehlein noch so wild rumspringen."

Bekannter:
„Awei saa nua, dau gääfscht mein Rehlein de Welf vor die Füß werfen?"

Jäger:
„On so a durr Geiß gääfden se sich vor lauta Knochen wenigsch-
tens de Zänn ausbeißen.“

Bekannter:
„Dau bischt woll vom Lemmes gepickt. Dò fällt mia nix me in. Em
beschten Freind it Rehlein ausspannen und se dann em Wolf zum
Fraaß vorwerfen. De Otto muss aich unbedingt iwa dein Gesinnung uffklären un it Rehlein vor so em Platzhirsch warnen, damit
it nitt in de Wald gett. Oda in dein Revia.“

Jäger:
„Watt reecht daich dònn so uff. Rehcha geheeren doch in de Wald.
Wo soll ma dònn sunscht it Wildbret herkrejn.“

Bekannter:
„Jedenfalls nitt von meina Schweschta!“

Auf der Pirsch (Hochdeutsch)

Zwei Personen: Jäger, Bekannter

Bühnenbild:
Hintergrundbild Wald

Requisiten: Jagdgewehr

Kostüme:

Jäger: Jägertracht

Bekannter: Jeans, Hemd, Hut

Hintergrundmusik: Jägerchor aus „Der Freischütz" von Carl Maria von Weber

Dauer: 6-8 Minuten

Beide treffen sich zufällig im Wald.

Jäger:
„Hast du schon gehört, dass der Otto wieder auf die Pirsch geht. Seither bekommt der seine Hose nicht mehr rechtzeitig zu."

Bekannter:
„Ja? Wer's glaubt, wird seelisch. Rehlein hat mir erzählt, das käme von der Bohnensuppe. Wie ein Scheunendrescher würde er sie in sich hinein-schaufeln, solange bis er bumsfertig ist. Deshalb hätte er auch so einen Vorbau."

Jäger:
„Ach nein, und mir hat er erzählt, er hätte keine Lunte gerochen und vor der Tür wäre gar kein Holz. Die Schnepfe wäre bereits auf dem Strich. Weshalb er jetzt in fremden Revieren wildern würde. Denn er hätte immer nur eines im Kopf: auf, auf, zum fröhlichen Jagen, Waidmannsheil."

Bekannter:
„Erzähl keinen Unsinn. Der und wildern. Bis der angekrochen kommt, sind die Rehe doch alle auf dem Dach, so transusig wie der ist. Was glaubst du denn, warum das Rehlein auf Teufel komm raus nichts mehr auf den Rippen hat und sich so hängen lässt."

Jäger:
„Ja? Ist das so ein Trottel. Reißt der vielleicht Bäume aus wo keine sind?"

Bekannter:
„Ja, ja, hätte der Hund nicht geschissen, hätte er die Hasen vielleicht bekommen."

Jäger:

„Gestern ist er aber mit seinem Schießgewehr einer Sau nachgelaufen. Fast bis vor die Haustür. So ein Theater macht der. Das Schwein hatte einen Arsch wie ein Brauereigaul. Ist aber alles kein Wunder. Wenn mehr Augen hineinschauen als hinaus wird es höchste Zeit, dass er auch mal einen Schuss abgibt."

Bekannter:

„Ja? Nicht dass man drüber redet, aber meinst du vielleicht, dass eine Bordsteinschwalbe anders fliegt als die Amsel zu Hause?"

Jäger:

„Jetzt hör aber auf! Erst tust du so, als könntest du kein Wässerchen trüben und dann ziehst du vom Leder. Dir möchte ich nicht ins Revier gehen."

Bekannter:

„Wie meinst du denn das? Willst du mich vielleicht für dumm verkaufen? Von was redest du überhaupt?"

Jäger:

„Ei wenn doch das Hinterteil der Sau mehr hergibt als ein ganzes Häschen, wären bei dir die Spatzen doch auch schnell gefangen. Man muss nicht für jeden Fuchs ein Luder haben."

Bekannter:

„Also das ist doch ein dicker Hund. Das Rehlein ist doch kein Luder. Auch wenn das Hinterteil nicht so ausladend ist wie dem sein Vorbau."

Jäger:

„Moment mal, du musst nicht gleich ausfallend werden. Das Hinterteil war jedenfalls größer als der Holzvorbau vor dem seiner Tür. Da passt ja noch nicht einmal ein Frischling rein."

Bekannter:

„Du bist mir ja eine bucklige Verwandtschaft! Wie kannst du so von einer niedlichen kleinen Blume reden?"

Jäger:

„Blume? Wer redet denn von einer Blume? Wir schießen doch keine Häschen, wenn die Wildsau am Blasen ist."

Bekannter:

„Ja da wird doch der Hund in der Pfanne verrückt. Jetzt wird da auch noch einen geblasen. In welchem Paradies bist du dann zu Haus? Vielleicht in dem in Burbach?"

Jäger:

„Wenn mein Revier ein Paradies wäre, könnten die Rehrücken braten, Otto bräucht kein Horrido zu rufen und ich kein Halali zu blasen. Die ganze Meute könnten wir uns sparen, allen voran die Vorsteherhunde."

Bekannter:

„Ja würde der mal mit dem Schwanz wedeln. Aber nichts ist. Das ist ein Hirsch ohne Hörner, ein Blattschuss, ein Blindgänger, so kriegen die nie einen Balg."

Jäger:

„Ei was würdest du denn machen, wenn auf der einen Seite eine ganze Rotte vorbei treiben und auf der anderen Seite eine dürre Geiß springen würde?"

Bekannter:

„Ja ist das vielleicht dem Rehlein seine Schuld, wenn es nichts zu reißen und zu beißen gibt?"

Jäger:

„Nein, aber man könnte doch wenigstens eine Fährte auslegen, damit die Hatz nicht umsonst wäre.“

Bekannter:

„Ja glaubst du denn, der Otto würde dem Rehlein dann auf den Leim gehen?“

Jäger:

„Otto, wer redet denn von Otto. Der doch nicht. Aber der Platzhirsch. Der ist übrigens kein Mönch.“

Bekannter:

„Und wo ist der Platzhirsch?“

Jäger:

„Schau mich mal an. Ich könnte es dir ja sagen. Ich hab noch jede Kuh bekommen.“

Bekannter:

„Aber der Otto ist doch dein Freund. Dem setzt man doch keine Hörner auf!“

Jäger:

„Die setzt man sich auch nicht auf, die hängt man an die Wand!“

Bekannter:

„Ach du lieber Gott. Am Ende würdest du sie auch noch ausstopfen.“

Jäger:

„Ja was sie soll denn sonst an der Wand machen? Besser eine Trophäe an der Wand als einen Wolf im Garten. Was glaubst du wohl, würde der mit so einem Ricken machen? Bestimmt keine langen Zicken. Da könnte dein Rehlein noch so wild herumspringen.“

Bekannter:
„Jetzt sag nur, du würdest das Rehlein dem Wolf vor die Füße werfen?"

Jäger:
„An so einer dürren Geiß würden die sich wenigstens mal an den Knochen die Zähne ausbeißen."

Bekannter:
„Du bist wohl nicht ganz richtig im Kopf. Da fällt einem doch nichts mehr ein! Dem besten Freund das Rehlein ausspannen und es dem Wolf zum Fraß vorwerfen. Das muss ich unbedingt Otto erzählen und ihn über deine Gesinnung aufklären. Und Rehlein muss ich vor so einem Platzhirsch wie dir warnen, damit sie nicht in den Wald oder dein Revier geht."

Jäger:
„Was regst du dich eigentlich so auf. Rehe gehören doch in den Wald. Wo soll man denn sonst das Wildbret herbekommen?"

Bekannter:
„Jedenfalls nicht von meiner Schwester!"

Monolog

Gudd gess (Moselfränkisch)

Eine Person: Stahlarbeiter, Hintergrundstimme

Bühnenbild:
Hintergrundbilder Wald

Kostüme:

Stahlarbeiter: Arbeitskleidung

Dauer: 5-6 Minuten

Der Stahlarbeiter kommt auf die Bühne.

Hallo. Hann ihr aich aach valaaf? Mir is datt it letzscht Joa oft passiert. Wieso?

Ein, gischda honn aich Gebourtsdach gehatt. Wissena, wie alt aich gin bin? Nainundraißisch Joa alt. Nainundraißisch. In dem Alta kummt ma in de Mitlaifkraisis, soon se. Awa, dat hònn aich net needich. Aich passen jo uff uff mein Figuur, uff mein Aussejn, un uff mein Gesundhät!

Dò da Hans, aus dea anna Gass, den missena moll gesejn. Dea sitt villeischt aus! Aich kònn it auch sòòn. Än Wompen hat dea dò hänken wii'n klään Schweinchin. Un kään Hooa òm Kòpp. Raauchen dut dea aach wii'n Schlot. Dò gäft aich jo äscht äppes machen.

Dò dagejen bin aich jo richdich gutt sesommen. Jo, dò kinnen da moll louen. Di Bux passt noch! Di hònn aich vòòrich Joa fò de fuffzeenten Hochzeitsdach gekaaft. Awa, wat hònn aich ma äppes abgehall, um dat Gewicht se hallen. Aich konn et auch soon.

„Ungesunde Ernährung", hat meins gesaat, „ungesunde Ernährung is än Risikofaktor." Dò davon kònn ma än Herzinfakt krejn. Wenn ma dònn noch dabei raaucht un sich nit bewecht, eascht recht.

Also hònn mia gesund gess. Abgezeelte Kalorien, jätza hääscht dat jo Jauls. Awa mia sin dò jo altmodisch. Bei uus hääscht dat imma noch Kalorien. Mòjens beim Frühstück kään Aja mee mett Speck oda Dürrflääsch. Dat woa gonz abgeschriif. Nix 'frühstücke wie ein Kaiser', nää, nää. Ea wii en Vurrel. Müsli mett lauta Körna drin. Hawwaflocken, Hirseflocken, Sesamkörna, Rosinen, Bananenstickcha, un so weida. Jo, jo, dò kummt de Kraft von gonz alään,

saat mei Fraa. Un getrunk hònn mia Fruchtsaft oda 'entkoffeinier-
ten Kaffee'.

Soll aich auch moll äppes sòòn. Awa nit weida vazeelen. De Kraft
kummt jo villeicht, awa dii Luscht? Wat hònn aich de Flämm gehatt! Awa, aich bin jo kään Mieselprimchin. Von so än paa Körna
fängt et bei mia jo noch lòng nit òòn se piepsen.

Uff da Awitt hònn se gemònnt, aich wää krònk. In da Paus hònn
dii de Schmiiren ausgepackt un de Liona vadrickt. Än paa hònn
aach än Glas Bia getrunk. Awa, dat därf ma jo nit vazeelen. Alkohol
uff da Awitt is jo vaboot! Wenn aich dònn ausgepackt hònn, dò
hònn se gelout. Paprikastreifen, Magaquark, Vollkornbretcha un
frisch Milch. Wat männena, wii aich dò so fitt woa danòò. Dòfòa
kunnt aich nòhea ach mea schaffen als dii Henkelmänna. Awa, aich
schaffen jo gea.

Wenn aich dònn hämmkumm bin, hat mei Fraa meich so richdich
vaweent. 'Sojaschnitzel', 'überbackenes Tofu', Salzkrumban un än
Bersch voll Salat. Hònn aich dò ringehau. Un dii Schnitzel woaren
so gudd. Fascht wii än richdich Schnitzel. Dò dabei hònn mia
Gründels getrunk. 'Ein Mann, ein Bier', dat muss sin!

Wenn dia awai klaawen, aich hätt meich dònn uff et Ooa gehau,
dònn hònn dia auch geirrt. Rin in de Schògginganzuch un raus in
de Wald! Dò hònn aich de Virrel tatsächlich singen geheat! Awa
moll ernscht. Bei soo'm Waldlauf entdeckt ma dii Natur eascht
wida. Dia kinnen mia's klaawen. Aich wääß jätzt, wii dii 'deutsche
Eiche' aussiit. In Natura, vasteet sich. Uuser Wohnzimmaschronk
is jo aach aus Eiche, 'deutsche Wertarbeit'. Awa nadirlich bearbei-
tet. So òm Bòòm sitt dat Holz doch än bissin ònnascht aus. Awa,
Spass bei Seit.

Wenn mia dònn hämmkumm sin, hònn mia geduscht un än gudd
Flasch Bia getrunk. Gründels nadirlich. Gesund muss et jo sin. Als

Naachtessen hadet dònn nochmoll än Salatschissel gin mett Vollkornbretcha. Monchmoll woaren ach än paa Aja dabei. Do bin aich ma dònn doch voakumm, wii än Kaninchin.

Awa, aich hònn durchgehall! Bis gischda. Do hònn aich jo Gebourtsdaach gehatt. Jätz is dat gesund Joa voabei. Wat hònn aich dò zougeschlaa! Mei Fraa hat moll gelout, datt aich noch so vill vatròòn. Un da Bròòden woa so gudd. Ma hònn wirklich gudd gess. Wirklich! Also, it Kochen hat mei Fraau nit valeat in dem Joa.

Aus dem Hintergrund ruft eine Stimme:
„Walter"

- Wat?

- Wat haschde gesaat?

- Di näkscht Wuch fòngen mia wida òòn gesund se essen?
Un aich hònn gemännt, et wäa jätz alles nochmoll so wii freja! –

Bücherliste

Vermisstenanzeige. Gewidmet den ermordeten Juden des Naziregimes. Lyrik und Prosa. Vera Hewener. Libri BoD. Norderstedt 2000. ISBN 3-8311-0748-3. 2. erw. Auflage 2014. ISBN 978-3831107483.

Lichtflut. Reisenotizen. Lyrik und Prosa. Vera Hewener. Edition Calamus. Norderstedt 2001. ISBN 3-8311-1493-5. 2. erw. Auflage 2014. ISBN 987-3831114931.

Eine Neigung aus Blau. Gegenwartslyrik. Vera Hewener. Norderstedt 2002. ISBN 3.8311-3334-4. 2. Auflage 2014. ISBN 9783831133345

Bist Himmel mir und tausend Feuerfunken. Gedichte. Vera Hewener. Mauer Verlag. Rottenburg a/N. 2003. ISBN 3-937008-46-2.

Verwirbelungen der Zeit. Vera Hewener. Lyrik mit Bildern von Carolin Isele. WiKu Éditions Paris E.U.R.L. Paris und WiKu Verlag KG Berlin 2005. ISBN 3-86553-203-9.

Es kommen andere Ewigkeiten. Gedichte. Vera Hewener. WiKu Édition Paris ISBN 2-84976-0188 WiKu Verlag 2007. ISBN 978-3-86553-189-6.

Himmelsstürme. Vera Hewener. Gedichte mit Fotografien. edition Wort Verlag Bitburg 2010. ISBN 978-3-936554-00-3.

Das Jahr: Dichtung in vier Sätzen. Vera Hewener. Gedichte mit Fotografien. BoD Books on Demand Norderstedt 2013. ISBN 978-3-7322-3168-3.

Zaubervolle Winterwelt. Gedichte, Geschichten, Notizen. Vera Hewener. Verlag BoD Books on Demand. Norderstedt 2014. ISBN 9783735761262.

Frühlingsserenade. Die schönsten Gedichte, Geschichten und Notizen zur Frühlingszeit. Vera Hewener. Verlag BoD Books on Demand. Norderstedt 2015. ISBN 978-37347-3140-2.

Die Blüte des Sommers. Sommeranthologie. Die schönsten Gedichte, Geschichten und Kalendernotizen. Vera Hewener. Verlag BoD Books on Demand. Norderstedt 2015. ISBN 978-3-7347-89540.

In der Saar schwimmen keine Krokodile. Gegenwartslyrik & Texte. Vera Hewener. Verlag BoD Books on Demand. Norderstedt 2015. ISBN 9783738635676

Von Lorraine nach Aquitaine. Reisenotizen in Lyrik und Prosa. Vera Hewener. Verlag BoD Books on Demand. Norderstedt 2016. ISBN 9783741210860.

Du trocknest meine Tränen wieder. Religiöse Lyrik & Texte. Vera Hewener. Verlag BoD Books on Demand. Norderstedt 2016. ISBN 9783743113589.

Zaubervolle Jahreszeiten. Der Frühling. Vera Hewener. Verlag BoD Books on Demand. Norderstedt 2017. ISBN 9783743125117.

Aus meinem Federkiel. Magische Momente. Natur & Seele. Gedichte. Vera Hewener. Verlag BoD Books on Demand. Norderstedt 2017. ISBN 9783744870511.

Zaubervolle Jahreszeiten. Der Sommer. Vera Hewener. Verlag BoD Books on Demand. Norderstedt 2017. ISBN 9783744870993.

„Kerzen, Wunder, Himmels-Zunder". Vera Hewener. Lustige und besinnliche Geschichten und Gedichte zur Advents- und Weihnachtszeit. Verlag BOD Books on Demand. Norderstedt 2017. ISBN 9783744893824. 2. Ausgabe 2019. ISBN 9783738629682.

Die Jahreszeiten: Auslese. Gedichte. Vera Hewener. Verlag BOD Books on Demand. Norderstedt 2018. ISBN 9783738636017

Werkausgabe Band I. Frühe Gedichte 1970-1999. Verlag BOD Books on Demand. Norderstedt 2018. ISBN-13: 9783746025292

Kinder, Hund, Familienbund. Lustiges, Tierisches und Allzumenschliches in Lyrik und Prosa. Vera Hewener. Verlag BOD Books on Demand. Norderstedt 2018. ISBN 9783746056821

Zaubervolle Jahreszeiten. Der Herbst. Vera Hewener. Verlag BoD Books on Demand. Norderstedt 2018. ISBN 9783752842135

Christnacht, Glocken, Engelslocken. Gedichte und Geschichten zur Weihnacht. Vera Hewener. Verlag BoD Books on Demand. Norderstedt 2018. ISBN 9783748107637. 2. Ausgabe 2019. ISBN 9783741251641

In der Saar feiern die Fische. Gegenwartslyrik & Szenen. Vera Hewener. Verlag BoD Books on Demand. Norderstedt 2019. ISBN 9783732237142. 2. Auflage 2020. ISBN 9783752810080

Von Brandasund bis Nasholim. Reisegedichte, lyrische Ausflüge, Geschichten und Notizen. Vera Hewener. Verlag BoD Books on Demand. Norderstedt 2019. ISBN 9783732235841.

Tannen, Lobgesang, Weihnachtsklang. Gedichte, Geschichten, Liedtexte und Bühnenstücke zur Advents- und Weihnachtszeit. Vera Hewener. Verlag BoD Books on Demand. Norderstedt 2019. ISBN 9783750400030.

In der Saar tanzen die Schwäne. Gedichte, Geschichten & Szenen. Vera Hewener. Verlag BoD Books on Demand. Norderstedt 2020. ISBN 9783751921060.

Zaubervolle Weihnachtswelt. Geschichten, Gedichte, Stücke & Notizen zur Advents- und Weihnachtszeit. Vera Hewener. Verlag BoD Books on Demand. Norderstedt 2020. ISBN 9783752606409.

Weihnachtsklang, Lobgesang. Deutsche Gedichte und Nachdichtungen internationaler Weihnachtslieder, Gospels, Spirituals und deutsche Weihnachtslieder in moselfränkischer Mundart. Vera Hewener. Verlag BoD Books on Demand. Norderstedt 2020. ISBN 9783752606393.